小学館文庫

転　生

仙川　環

小学館文庫

目次

1

回転扉を押して建物に足を踏み入れると、全身の毛穴が縮まった。皮膚を薄く覆っていた汗の膜が瞬く間に剝《は》がれていく。

深沢岬《ふかざわみさき》はうなじにかかる髪を少し持ち上げ、こもっていた熱気を逃がした。

腕時計の針は二時十分前を指していた。約束の時間より少し前に着くことができた。

フロントの脇にベージュの制服を着た案内係が立っていた。脚を前後にずらして重ねている様子は、気取りかえったバレリーナのようだ。

彼女の前を通り過ぎるとき、熱帯のフルーツを思わせるスパイシーな香りが鼻腔をかすめた。今年の夏、イタリアの有名ブランドが発売した新作だ。

岬は手に持っていたバッグを肩にかけなおすと、表面についているロゴマークを隠した。だが、そんな努力が空しいことは、自分の足元を見たらすぐに分かった。爪先が尖ったバックバンドのサンダルが、二年前に流行したデザインであることは、ファッションに関心がある人間なら誰でも知っている。バッグが三年前に限定発売されて話題になった品だったことも、上着の丈が必要以上に長いことも。

自分がうつむきかけていることに気がついて、岬は顎《あご》を振り上げた。

間違っているのだ、何もかも。この自分が流行遅れの服を着ていることも、日当たりが悪い1Kに住んでいることも。

だけど、今日、うまく仕事の話がつけば、こんなしょぼくれた生活に別れを告げられる。

国内で発行部数が最大のビジネスマン向け月刊誌の編集部から仕事を依頼する電話がかかってきたのは、三日前のことだった。

有名雑誌に署名入りの記事が載れば、今後はまともな媒体から注文が来るはずだ。そうすれば、新しい服も靴も、バッグも欲しいだけ買える。二年前、新聞社に勤めていた頃のように。

ロビーに着くと、水色の封筒を手にした男を探した。待ち合わせをしている版元の東雲堂の佐藤とは初対面なので、社名入りの封筒を目印にすることにしていた。

五つほどあるソファは半分ほどが埋まっていた。古めかしいダブルのスーツを着込んだ初老の男が、背筋をぴんと伸ばし、英字新聞を広げていた。引き締まった口元に自信がみなぎっている。その隣では、瞼《まぶた》の上を銀色に塗りたくった中年女が、真っ赤なマニキュアを施した指先を入念にチェックしていた。奥まった席では、二人連れのビジネスマンがノート型のパソコンの画面を見ながらささやきあっている。

岬は回転扉が見やすい位置を選んで座った。

小学生の頃、バトンを持った級友が砂埃《すなぼこり》をあげながらトップを切ってコーナーを回ってくるのを待っていた。あのときのような気分だった。リレーで抜かれたって、たいしたことはない。小首を傾《かし》げて手を合わせ、申し訳なさそうな顔をしてみせれば、級友たちは慰めの言葉さえかけてくれる。だけど、今日は失敗するわけにはいかなかった。

時計の針が二時を五分ほど過ぎたとき、回転扉からサングラスをかけた男が吐き出されてきた。岬は腰を浮かせかけたが、すぐに座りなおした。男はベビーカーを押していたのだ。

岬は回転扉に視線を戻した。

自分がだんだん苛立っていくのが分かった。約束の時間に遅れる人間が嫌いだった。仕事の話をするのだから、時間厳守は当然のことではないか。それとも、相手は自分のことを待たせてもかまわない相手と見くびっているのだろうか。

ふいに目の前にベビーカーが現れた。さっきの男が目の前に立っていた。男は浅黒い肌に映える真っ白な歯を見せて岬に笑いかけ、さりげなく会釈をしてきた。

ここに座りたい、ということだろうか。

ロビーには空席がほかにもあった。

あからさまに眉をひそめてみせたが、男はもう一度、頭を下げた。

そこまでされたら、拒否するわけにもいかなかった。岬は体をずらして、彼が座れるだけのスペースを作ってやった。

男は腰を下ろすなり、貧乏ゆすりを始めた。ソファから振動が伝わってくる。小刻みに動く膝《ひざ》も目障りでならなかった。

妙な男だと思った。室内なのにサングラスを外そうともしない。

席を替えようか、と思い始めたとき、電子音が鳴り響いた。男が慌てたようにポケットから携帯電話を出して耳に押し当てた。一言、二言短く言葉を発すると、男は回転扉に向かって走っていった。

岬の斜め前にベビーカーがぽつんと取り残されていた。無用心だな、と気になったが、自分には関係がないことと考え、回転扉から入ってくる人影に気持ちを集中した。

そのとき、電子音が再び鳴った。今度は岬の携帯電話だった。液晶画面には佐藤の名前が表示されている。岬は深呼吸を一つした。

「お待たせしました、深沢です」

声が上ずっていた。こんなことではいけない。浮き足立っていると思われたくなかった。岬はそっと唾《つば》を呑み込んだ。

「今、ロビーにいらっしゃいますね」

変な質問だと思いながらも「そうだ」と答えると、小さな咳払いの後、佐藤は言った。

「あなたの目の前にベビーカーがありますよね」

「はぁ？」

思わず間の抜けた声が出てしまった。何を言われているのか、分からなかったのだ。

佐藤の言うように、ベビーカーは斜め前、さっきと同じ位置にある。

ベビーカーがどうかしたのか。

そう口にしかけたとき、佐藤が思いつめたような口調で言った。

「深沢さん、その子はあなたの娘さんです。引き取ってもらいたい」

聞き間違えたのかと思った。だが、佐藤は同じ台詞《せりふ》を繰り返した。

岬はベビーカーの中をのぞいてみた。白い日よけ帽をかぶった赤ん坊が、桃のような頬をして眠っていた。

「今日は仕事の打ち合わせですよね。ＪＲの安全対策を検証する特集記事を書いてほしいっていう話だったかと……」

「ああ、その話ね。それはあなたに出てきてもらう必要があったから。申し訳ない」

騙《だま》されたということが分かった瞬間、頭の中が白くなった。

「いったいどういうこと？」

考える前に怒鳴っていた。

少し離れた席で、英字新聞を広げていたサラリーマン風の男が、目に非難の色を浮かべて岬を見た。

だが、恥ずかしいという気持ちよりも、怒りのほうがはるかに強かった。こんなふうに他人に心を踏みにじられたのは、実に久しぶりのことだと思った。

東雲堂の本社は飯田橋にある。新宿からなら三十分もあれば着く。これから怒鳴り込みに行ってやる。

「申し訳ない。本当に申し訳ない。だが、少しこっちの話も聞いてもらえませんか」

佐藤の声には、からかうような響きはなかった。それどころか、ひどく真剣だった。いたずらではない、と岬は悟った。考えてみれば、いたずらにしては、手が込みすぎている。

岬はあたりを見回した。ベビーカーを放置して去った男の姿はやはり見当たらなかった。嵌《は》められた、ということなのだろうか。ふと気になって尋ねてみた。

「あなたもしかして、さっきここにいた……」

「ええ」

佐藤はあっさりと肯定した。

携帯電話で呼び出されて出ていったものだと思っていたけれど、あれは自作自演だったのか。アラームかタイマーをセットしておけば、電話を鳴らすことぐらいたやすい。

　ベビーカーのピンクのシートが、目にやけに鮮やかに感じられ、胸騒ぎがしてきた。何かよくないことが起きている。それだけは分かった。今すぐ電話を切り、この場を立ち去ったほうがいい。

　仕事の話ではないなら電話を切ると言いかけた岬を強い調子で佐藤が遮った。

「待ってください。その子はミチルという名前で……。詳しいことは言えないんですが、本当にあなたのお子さんなんです。彼女の顔を見てもらえますか」

　見てはいけないと思った。それでも、視線がベビーカーに吸い寄せられた。

　まさか、と思う。そんなはずはない、と思う。

　岬はふらふらと立ち上がっていた。ロボットのようにぎこちない動きで体をかがめた。携帯電話を耳に押し当てたまま、ベビーカーの中を見る。

　赤ん坊はさっきと同じ格好で眠っていた。生後三、四ヵ月といったところだろうか。目鼻立ちを仔細に検分した。眉がくっきりとしていて、凛々《りり》しい顔立ちをしている。唇はやや厚い。

　古いアルバムの写真が脳裏に浮かび上がった。赤い産着を着せられて、割烹着姿で縁側に座る母の腕の中で笑っている赤ん坊。その子の顔が、目の前にいる子に重なって見えた。

岬は悲鳴を上げていた。

「分かってもらえましたか」

インフルエンザにでもかかったかのように、悪寒が背中から這い上がってきた。顔が引きつっているのが自分でも分かる。悪い夢を見ているようだ。

「ベビーカーのシートの裏のポケットを確認してください。封筒が入っています。当面の養育費として、いくばくかの金と出生届を用意しておきました。あなたは三ヵ月前、アメリカでその子を産んだ。父親はいない。あなたは、日本で仕事が落ち着くまで、その子をアメリカの知人に預けていたという筋書きです」

「むちゃくちゃなこと言わないでください」

「アメリカで必要な手続きはすませました。海外で出産した場合は、三ヵ月以内に日本で出生届を出せば、受理される。今日から十日後、つまり八月二十二日までに、あなたは役所に行ってください」

「そんなこと……。今すぐこの子を迎えにきてください。さもなければ、ホテルの人に事情を話して警察を呼んでもらいます」

「それは、やめておいたほうがいい」

「だって私には関係ないことですから」

電話を耳から離そうとしたとき、佐藤が鋭い声で「待て」と言った。

「関係ないことはないでしょう。そのことは、深沢さん、あなたにももう分かっているはずです。去年のことを忘れたとは……」

「待って」

聞いているのが耐え切れなくなり、岬は佐藤を遮った。

やっぱり、という気持ち。なぜ、という気持ち。両方が胸を激しく交錯して、うまく考えをまとめることができなかった。

「話が違うじゃないですか」

弱々しく抗議するのが精一杯だった。

「申し訳ない。手違いがあったんです。経済的なバックアップはします」

「そんなこと、できるはずないでしょう」

「やってもらう。それしかないんだ」

「だめです。やっぱり警察に届けるわ」

「それなら、こっちにも考えがある。去年何があったのか、ありのままのことを警察に伝えるし、マスコミにも話を売り込む」

周囲の酸素濃度が下がったような気がした。

「東都新聞の記者だったあなたになら分かるでしょう。全国紙の社会面のトップを飾ってもおかしくない話だ。出生届を出したかどうかを二十二日の夕方に確認させてもらいます。もし出ていなかったら、そのときは覚悟をしてもらいたい」

電話を握り締めても、唇をきつく結んでも、体の震えを止めることはできなかった。マスコミが嗅ぎつけたら、どうなるかは分かりきっていた。自分なら、こんなおいしい材料を拾ったら、盛り上げまくってしゃぶり尽くす。

岬は冷たい汗を握り締めて、天井を見上げた。シャンデリアが放つ柔らかな光は、落ち着きを取り戻すのに少しだけ役に立った。

この子を引き取るわけにはいかない。去年のことを警察やマスコミに暴露されるのも困る。そうなると、自分の選べる道は一つしかなかった。佐藤という男の正体を突き止め、ミチルという子の本当の親を見つける。そして、彼女を返すことだ。

方針が決まると、少し気持ちが落ち着いてきた。

自分が佐藤のことを知らないから、無理難題をふっかけられているのだ。去年のことをばらされたら困るのは、自分ばかりではないはずだった。しらばっくれようがない状態まで持っていけば、同じ土俵に引きずり出せば、相手もこんな強硬な態度に出られるはずがない。

「少し考えさせてもらえませんか」

岬は言った。

やってやろうじゃない。取材してやろうじゃない。だてに十年も記者をやっていたわけではない。

「そうですか……。では、深沢さん、今日のところはあなたがミチルを連れて帰ってください」

とりあえず、同意するしかなかった。

最後に佐藤は、しんみりとした口調で言った。

「あなたの娘さんなんです。ひとつよろしくお願いします」

勝手にほざいていろ。

心の中で吼《ほ》えると、岬は乱暴に電話を切った。

電話をバッグに戻すと、こめかみのあたりを親指で揉《も》みながら、腕時計を見た。電話がかかってきてから、五分ほどしかたっていなかった。英字新聞を広げている男は、さっきと同じページに視線を落としている。ベージュの制服を着た従業員はきびきびとした動作で動き回り、キャスター付きのスーツケースを引っ張ったビジネスマンが目の前を横切る。異次元から帰還したかのような感覚を覚えた。

ベビーカーの中をのぞいてみた。ミチルは淡いピンクの唇をわずかに開いて、軽く寝息を立てている。

冗談じゃない。

神経が昂《たか》ぶっているせいか、体中がほてっていた。アイスコーヒーでも飲みたい気分だったが、少しでも早く動き始めるべきだった。

「冗談じゃないわ」

岬は口に出して言うと、ベビーカーに手をかけ、勢いよく押した。

2

久しぶりに腕を通した背広は、少しきつくなっていた。ハンドルを握ると、肩の後ろあたりが引っ張られる感じがする。

太っちまったのかな。

小野田真《おのだまこと》は舌打ちをすると、ハンドルを握りなおしてアクセルを踏み込んだ。

若い頃は痩せぎみだったのに、四十代に入ってから体重が増え始めた。五十五歳の今年、ついに八十キロを突破した。身長は百七十センチ弱なのだから、明らかに太り過ぎだった。

腹がせり出してきたばかりでなく、腕や首まで太くなった。肉なのか脂肪なのか定かではないものが、身体のいたるところに分厚く張り付いている。

スポーツクラブに通うような真似はしたくなかった。髪が薄くなったオヤジにフィットネスマシンは似合わない。とはいえ肥満は万病のもとになるのだから、なんらかの手を打つ必要があった。

あと五年、十年は倒れるわけにはいかない。

ノーベル賞が欲しいなどと大それたことを言うつもりはない。でも、せめて教科書の数行ぐらいは書き換える研究成果を上げたかった。そのぐらいのことをしなければ、自分の人生に意味はない。子どもどころか妻もいない自分が死んでも、今のままでは何も残らない。

本来なら、とっくの昔に目標を達成しているはずだった。自分には技術がある。神の手、と呼ばれることもある。それなのに今の科学界ときたら、論文が有力誌に掲載されない限り、日の目を見ることはない。間違っている、と思う。それでも世の中がそういう方向で動いている以上、小野田がいくら自分の主張を述べ立てても意味はなかった。

そして、ようやく自分にも運が向いてきたのだ。

小野田はハンドルを握りながらにやけた。

今手がけている研究の成果をまとめて来週、京都で開催される国際ワークショップで発表すれば、ちょっとした話題になるだろう。生物の発生の過程で、これまで謎されてきたたんぱく質を特定したのだからインパクトがある。論文だって即座に書いてやる。そうすれば、これまで〝技術屋〟と自分のことを見下してきたやつらの態度も変わるはずだった。

対向車線にライトが見えないことを確認すると、小野田は車のスピードを上げ、前を走る軽自動車を追い抜いた。

道路の両脇には、深い森が広がっていた。街灯の間隔が、都会では考えられないほど離れており、闇の底に向かって車を駆っているような気分になる。

だが、道が空いているのは幸いだった。相手が夜十時という時間を指定してきたときには、なんでまたそんな時間に、と思ったが、かえってよかったかもしれない。帰りはさらに車が少ないだろう。

ダッシュボードの時計に目をやると、約束の時間まであと十五分ほどあった。目的地は近いはずだった。ドライブインで確認した地図を思い浮かべた。そろそろ左折する道の角にあるという植物園の看板が現れてもよさそうだ。そう思ったとき、ペンキの剝《は》げかかった看板が見えた。

左折をしてさらに少し進むと、右手に曲がる小道が見えた。到着だ。職場がある埼玉県西部からおよそ三時間。なかなか結構なドライブだった。

それにしても、こんな森の中に別荘を構える人間の気持ちが、理解できなかった。買い物に行くのも、車がなければ不便だろうに。

開け放った石造りの門の奥に、二階建ての洋館が見えた。一階の窓のカーテンごしに、柔らかな光が虫を誘うように漏れていた。小野田は門の前でいったん停車して、表札を確認すると、玄関へと続く砂利道に車を乗り入れた。

相手はすでに来ているようだった。建物の前に横付けされていたグレーのセダンの隣に自分のワゴン車を停めた。

外に出ると、木の香りをかすかに含んだ夜気が小野田の全身を包んだ。緊張がふっとほどけていくのが分かった。

金持ちは、こういう気分を味わいたくて、こんな森の奥に隠れ家を持つのかもしれない。

肩を二、三度回して凝りをほぐすと、五段ほどの階段を上がってドアのそばにある呼び鈴を押した。十秒ほど待ったが、誰も玄関に出てこなかった。

窓に灯りが灯っているのだし、家の前には車が停めてある。相手は中にいるとしか思えなかった。

さっそく蚊に食われてしまったようで、首のあたりが痒《かゆ》かった。小野田は分厚い唇をゆがめると、ドアを叩こうと拳《こぶし》を固めた。

そのとき、かすかな音がしてドアが開いた。

「お待たせてすみませんでした」

見覚えのある顔が感じよく笑いかけながら、小野田に向かって言った。歯磨き粉のコマーシャルモデルのように白い歯が、彼の笑みを作りものめいてみせていた。

小野田も笑顔を作った。

「結構なところですな。静かだし、自然に恵まれている」

首を大げさに掻きながら言うと、男が恐縮したように頭を下げた。

「いや、これは申し訳ありません。さ、中へどうぞ」

男が勧めてくれたスリッパを突っかけ、促されるまま廊下を奥に進んだ。

通された部屋は、リビングルームというには、あまりにも広かった。三十畳はあるだろうか。古めかしいビロード張りのソファと、真新しいプラズマディスプレー。天井からは、蔦《つた》の葉を模した形の照明器具がぶら下がっている。家具や家電の一つひとつに、相当な金がかかっていそうだった。

「そちらへどうぞ」

男は小野田に席を勧めると、キッチンのほうへ向かった。ソファに深く腰かけると、男の広い背中に向かって小野田は言った。

「コーヒーにしてもらいましょうか。車で来たのでね」

男は首だけを後ろに向けて小野田を見た。まるで予期しない言葉をかけられたかのように、唇を半開きにしていたが、すぐにうっすらと笑みを浮かべ、「そうでしたね」と言ってうなずいた。

一分もたたないうちに戻ってきた男の手にコーヒーカップはなかった。「ミルクならいらんですよ」と言いかけたとき、突然、目の前に黒いものが突きつけられた。

それが銃口だと分かるまでに数秒かかった。

「なっ……いったいどういうつもりだ」

小野田の心臓が暴れ出した。スプリングがほどよく利いているはずのソファが、公園のベンチのように硬く感じられた。

男は沼のような目をして、低く笑った。

「どういうつもりって、小野田先生。見れば分かるだろう」

「お、おいっ、冗談はよせ」

「冗談でこんなこと、できるわけないさ」

男はそう言うと、乾いた笑い声をたてた。

自分が置かれている状況がさっぱり理解できなかった。額に滲《にじ》み出した汗をぬぐいながら、小野田は必死で考えを巡らせた。

三日前、男は電話で、改めて礼をしたいからこの別荘に来てくれないかと言っていた。それは、自分をおびき寄せるための罠《わな》だったのか。

「どうして俺があんたに殺されなけりゃいけないんだ」

男の目が怒りに燃えた。視線で射殺されるのではないかと思ったぐらいだ。小野田は反射的に体を縮めた。

「あんたがいちばんよく分かっているはずだ。失敗したんだろう？　もともとあんたには無理だったのかもしれない。それなのに成功は間違いないなどと言って私たちにまがい物を押し付けた」

「ちょっと待ってくれ！」

「藁《わら》にも縋《すが》る思いだった人間を騙《だま》した奴に、生きている価値などない」

「あんたの依頼どおりにやった。あんたらの思いに共感したから、覚悟を決めて協力したんじゃないか」

男は銃口をぐいと小野田に近づけた。

「あの子は私たちの子じゃない。検査をした」

「そんなはずは……。検査をもう一度、やり直してくれ」

「その必要はない。二ヵ所の機関で調べてもらった」

男が目を細めた。本気で引き金を引くつもりだということが、はっきりと分かった。逃げなければと思うのに、まるで金縛りにあったように、筋肉が硬直して動かなかった。口の中にねばねばとしたものが溢れ出した。

小野田は、沼のような目を見返した。胃のあたりから、重いものがせりあがってきて、心臓を激しく押し上げた。

「分かった。あんたの言うとおりかもしれない。でもそれなら、もう一度やらせてくれ。必ずあんたの希望に添う結果を出す。もちろん金などいらない」

「もう一度？」

「とにかく、その物騒なものを片づけてくれないか。話し合いにもならないだろう」

男はゆっくりと首を横に振った。

「もう一度というわけにはいかない。私の妻は自殺してしまったからね」

小野田は息を呑み、男の顔を凝視した。男がなぜ、こんなふうに自分を呼び出したのかが、ようやく理解できた。それと同時に、恐怖が背筋から這い上がってきた。

「おまえは妻に自分を信じろと言った。彼女はおまえに賭けた。そして騙されたことに気づいて死んだ」

男は、何かに取り付かれたかのように、抑揚のない声で話し続けた。

「それなのに、おまえは生きている。おかしなことだと思わないか？」

「待ってくれっ」

小野田は腹のあたりに力を入れると、勇気を振り絞って男を見返した。沼のような目に吸い込まれそうになった。それでも必死で見返した。せめて目の力では、負けまいと思った。

「殺すつもりか？　馬鹿なことを。あんた、刑務所にぶち込まれるぞ」

「ここは、私の土地だし、ほとんど知られていない。死体など裏庭に埋めてしまえば、掘り返されることはない。第一、おまえと私を結び付けるものなど何一つない。警察が私に疑いを持つこともない」

「あの子がいるじゃないか」

男は鋭い目で小野田を見た。

「あの子も、もはやこの世に存在しない」

殺した、ということだろうか。小野田にはにわかには信じられなかった。だが、現に彼は自分を殺そうとしている。

この男は、正気を失っているのだ。

喉がからからに渇いていた。

「医者がいる。あの人は疑問を抱くはずだ」

「私が姿を消したならともかく、おまえのことなど気にもしないはずだ。ちょっとは頭を働かせてみろよ、小野田先生。おまえがいなくなったとして、誰が真剣に捜す？職場は厄介払いができたと思うんじゃないのか」

研究所の上司の顔が目に浮かんだ。悔しいが男の言うとおりだと思った。あんな奴が自分のことを本気で心配するはずなどない。五十を過ぎても室長にすら昇格できない能無しだと陰口を叩いているぐらいだから、自分がいなくなったら、嬉々として新しい職員を雇い入れるだろう。

「分かったら覚悟を決めるんだな」

男が引き金に指をかけた。背を向けて逃げる気にはなれなかった。小野田は咄嗟《とっさ》に叫んだ。

「やっ、やめろ！　俺じゃない！　医者のほうがへまをしでかしたんだ」

男の視線がふっと揺れた。その瞬間を見計らって、小野田は左手で銃を持った腕を払い、立ち上がる勢いで力任せに相手の胸のあたりに頭突きを食らわせた。男がうめき、よろめいた。銃を握り締めたまま、体を折って咳《せ》き込んでいる。小野田は渾身の力を込め、男の腹を蹴り上げた。つま先が腹にめり込んだ。男の手から銃が滑り落ちた。

今しかない。

小野田はサイドテーブルに置いてあった分厚いクリスタルガラスの花瓶を摑《つか》むと、銃を求めて手を伸ばす男の後頭部に向かって、力いっぱい振り下ろした。

確かな手ごたえがあった。男が声も上げずに床に崩れ落ちる。まるでスローモーションの映像を見ているようだった。

体中の血が、音を立てて全身を駆け巡っていた。心臓もかつてないほど速く打っている。小野田は肩で大きく息をすると、床に転がっていた銃を蹴飛ばした。

男はフローリングの床にうつ伏せに横たわっている。

助かった。血管がはちきれるのではないかと思うほどの脈は続いているが、とにかく自分は生きている。

そう考えたとき、ふっと力が抜けた。手に持っていた花瓶が床に滑り落ち、鈍い音がした。

小野田は右手を左手でつかんだ。棒のように強張っている。体が突然、震えだした。奥歯を嚙み締めてみたが、何の意味もない。

床に視線を落とすと、男の後頭部から、赤いものがじわじわと滲み出て、広がっていくのが見えた。

それを見ているうちに吐き気がこみ上げてきた。酸っぱいものが胃から食道に向かって逆流してくる。

立っていることもできなくなり、小野田はその場に膝をついた。強張る腕をなんとか伸ばし、男の鼻の前に手のひらをかざしてみる。

落ち着け。

小野田は自分に言い聞かせた。焦っているから、男の息を感じ取ることができないのだ。

深呼吸をしてから、再び手をかざしたが、やはり空気は動かなかった。

殺してしまったのか。

小野田の全身から力が抜けていった。頭の中が真っ白で、何も考えられそうになかった。天井を仰ぐと、白熱灯の灯りが、ぼんやりと滲んで見えた。小野田は上着の袖《そで》で目元をぬぐった。絞め殺される鳥のような奇怪な声が喉《のど》の奥からもれた。

柱時計が時を刻む音がやけに大きく聞こえた。

おまえは人殺し。これでおまえはお終《しま》いだ。

両腕で自分の体を抱きしめ、襲ってくる恐怖から逃れようとした。

殺すつもりなんかなかった。逃げられればそれでよかった。

ふいに、全身の細胞という細胞が、アドレナリンを放出しはじめた。

なぜ、自分が人殺しの汚名を着せられる必要がある。

自分は殺されそうになった。だから、抵抗しただけだ。非があるわけではない。それに、この男は自分が失敗をしたと言っていたが、そんな覚えはなかった。自分は依頼された仕事を完璧にこなしたはずだった。

理不尽な理由で銃を突きつけてきた男を殺したからといって、どうしてその罪を償わなければならないのか。

小野田は立ち上がると唇を舐《な》めた。しょっぱい味がした。

この別荘は、ほとんど知られていないと男は言っていた。隣の家ともかなり距離がありそうだ。周囲の住民が騒ぎに気づいた可能性は低い。

なんとかなるかもしれない。いや、なんとかしてみせる。

自首をしたら正当防衛が認められる可能性はあるけれど、何が原因だったのかを必ず尋ねられる。警察の追及をうまくかわす自信などなかった。何をしたのかを話すということは、自分の将来を棒に振ることを意味していた。

そんなことにはしない。自分はこれまで正当な評価を受けていない。このままでは終われない。

小野田はゆっくりとかがみこんだ。かざした手に空気がぴくりとも動かないことをもう一度確かめると、小野田は男のズボンのポケットに手を差し込んだ。

別荘に引き返したとき、時計の針は午前二時を回っていた。車を停めてエンジンをかけたままフロントガラス越しに、暗い森に半ば埋もれた洋館をうかがった。

玄関の常夜灯以外に、灯りはなかった。カーテンも閉じたままで、四時間ほど前、ここを離れたときと何ひとつ変わっているものはなかった。

赤いランプを光らせた車が何台もこの建物の前に横付けしている最悪の場面を想像して、肝が冷える思いで戻ってきたのだが、取り越し苦労だったようだ。

自分は賭《かけ》に勝った。

興奮にも似た感覚が腹のあたりから湧き上がってきて、体が震えた。

空を見上げると、わずかに藍色がかった黒い空に、信じられないほどたくさんの星が瞬いていた。深呼吸をすると、湿った土の匂いを含んだ空気が、胸に広がった。その冷たさに、神経が研ぎ澄まされていくようだった。

ここからが肝心なところだった。

気持ちを引き締めると、トランクを開けた。五十キロほど離れた街にあった二十四時間営業のホームセンターで買った軍手を両手にはめた。その隣町の幹線道路沿いの畑から失敬してきた黒いビニールシートを取り出す。本当はもっと厚手のシートが望ましいのだが、贅沢《ぜいたく》なことを言ってはいられなかった。

ポケットには、戻る途中で見つけたコンビニエンスストアで買ったポリプロピレンの紐が入っている。古新聞を縛るようなちゃちな紐ではなく、細い紐を幾重にも寄り合わせた本格的な荷造り用の紐だった。

各店でもらったレシートは、ドライブインでコーヒーを飲んだついでに、細かくちぎって便所に流した。準備にぬかりはないはずだ。

足音を立てないように注意して、小野田は玄関への階段を上った。男のポケットから奪い取った鍵を使って扉を開ける。電気をつけるべきかどうか迷ったが、結局つけることにした。万一、誰かにこの別荘に入るところを見られていたとしたら、電気をつけないほうが不自然だと思ったからだ。

リビングルームに入ると、生ぐさい臭いが鼻をついた。鼻から息を吸い込まないように注意しながら、壁のスイッチを押して、電気をつけた。

男はソファの足元にさっきと同じ姿勢で倒れていた。一メートルほどの範囲に広がった血の染みは、すでに乾き始めていた。

あとで拭《ふ》き取ろうと思ったが、そんなことをしても、気休めに過ぎないことは分かっていた。警察が調べたらこの場所で大量の血が流れたことなどたちどころに分かってしまう。

だが、この男がここで殺されたと知られなければ、調べられることもない。さらに、誰が殺したかが分からなければ、自分にとって問題はなかった。

男の体からは、生ぐさい臭いが漂い始めていた。

意を決して男に手をかけた。ひんやりとした感触が気味悪くて、思わず手を引っ込めた。

家畜の死体ならいくつも見たし、触ったじゃないか。

小野田は目を閉じると、心を落ち着けるために、深い呼吸を繰り返した。

人間と家畜との間には、歴然とした違いがある。言葉を持つものと持たないもの。知性の光を宿した目と、ただレンズに過ぎない目。だが、その違いは生きているからこそ存在するもので、死ねば違いなどない。どちらもたんぱく質や脂肪、カルシウムなどの物質の塊に過ぎず、時間がたてば朽ち果てていく。その証拠に、かつて男の体を構成していた物質が空気中に漂い始め、恨みがましく鼻の粘膜にへばりついてくるではないか。

目を開けると、死体を直視した。体をくの字に曲げて横たわる男は、もはや人間ではなく、ただの物体に見えた。

ビニールシートを広げ、その上に男の体を載せると、洋服を脱がせにかかった。紺色のポロシャツをうまく引っ張り上げることができなかった。面倒なので、ボタンを外すと前身ごろを力任せに引き裂いた。腕をなんとか袖《そで》から引き抜く。

ズボンを脱がすのはさらに厄介だった。やむを得ず、台所から調理バサミを持ち出して、膝や尻のあたりの布を切断した。ついでにグレーのブリーフも切って体から外した。

衣類をひとまとめにすると、素っ裸の男をビニールシートに包む。幾重にもくるんだ後、紐で縛った。巨大なボンレスハムのような物体が出来上がる頃には、全身が汗で湿っていた。

強い疲労を感じたが、休むわけにはいかなかった。小野田はハンカチを取り出すと、自分が触れたと思われる箇所を一つ残らず磨き上げていった。玄関のドアのノブ、台所の引き出し、ソファの肘掛け。問題の花瓶は、持ち出して捨てることにした。

指紋というのは、どの程度拭いたら消えるものなのかよく分からなかったから、力任せにあちこちを何度もこすった。次第に息が切れてきて、軽い眩暈《めまい》までしてきた。

いつのまにか、外は白んでいた。窓を開けると、朝の空気が皮膚に突き刺さってきた。振り向いて室内を眺め回し、拭き残した箇所がないことを確かめると、小野田は黒いボンレスハムを持ち上げた。

3

ベビーカーを抱えて駅の階段を下りるのが、こんなに骨の折れることだとは思わなかった。自分の足元を確かめながら、階段を踏みしめる。スニーカーにティーシャツという軽装でも、きついことに変わりはなかった。

やっとの思いで改札口を抜けると、深沢岬は大きく肩で息をした。そのとたんに脱力した。エレベーターが目に入ったからだった。

中原陽子の家までは、駅から歩いておよそ十分の距離があった。陽射しはすでに強い。到着するまでに、もうひと汗かくことになりそうだ。

昨日、ホテルを出たあと、念のために東雲堂の佐藤を訪ねた。案の定、無愛想な受付係から佐藤という社員は月刊東雲の編集部にはいないと告げた。次にどうするべきか考えていると、ミチルが泣き出して収拾がつかなくなってしまったので、しかたなく自宅兼仕事場にしている中野のマンションに戻った。

ベビーカーには、紙おむつ、粉ミルク、哺乳瓶、着替えなど必要なものがきっちりとコンパクトにまとめられた状態で積み込まれていた。最初にミチルを床に寝かせておむつ替えに挑戦した。電車に乗っているときから、かすかに異臭が漂っていたからだ。赤ん坊の汚物は汚くないと聞いたことがあったけれど、それは親ばかの戯言《ざれごと》だと思った。汚れたおむつは、レジ袋で三重に包み、ベランダに出しておいた。

おむつを替えてもミチルは泣き止まなかった。お湯を沸かしてミルクを作り、哺乳瓶の先を口に押し込むと、勢いよく吸い付いた。

その様子を見ていると、心の底からうんざりとした。まるで動物だった。

ミルクを飲んでいる間に、ベビーカーに積んであった育児書に目を通した。授乳の項に、ミルクの後はげっぷをさせるようにと書いてあったので、イラストを参考にしながら抱き上げて背中をさすってみた。そのとたんに小さな口から無遠慮な音が飛び出した。

ようやくうとうとし始めたのでテレビをつけると、再びぐずりだした。とりあえず、抱いたまま軽く揺すってみた。十分ほどそうしていると、ようやく機嫌が治まって、目を閉じてくれた。

ベッドにミチルを寝かすと、ベビーカーに積み込まれていたものをもう一度改めた。封筒に入った百万円。そして英語と日本語の書類一式が出てきた。出生届で、すでに必要事項が記入されており、深沢という三文判まで押してあった。これを役所に持っていけということらしい。

育児書は一応、最後まで斜め読みをした。さすがに人一人を死なせたらまずい。三時間おきに授乳すると書いてある箇所が目に入ったとき、思わず本を壁に向かって放り投げた。

やっていられないと思った。現実問題として、昼間、家で彼女の相手をするわけにはいかなかった。昼間だけでも、誰かに彼女の面倒を見てもらう必要があった。そのとき思いついたのが世田谷区の西の外れに住んでいる叔母の中原陽子だった。

陽子は夫と二人暮らしだが、叔父は中東の小国に単身赴任中だった。一人暮らしで基本的に家にいるという条件を満たすのは彼女ぐらいしかいなかった。

午前中だというのに、駅から北に向かって延びる商店街はにぎわっていた。肉屋の店先からはコロッケを揚げる香ばしい匂いが漂い、威勢のいい魚屋の声が響く。地元資本のこぢんまりとしたスーパーマーケットからは、膨らんだビニール袋を下げた女が次々と吐き出されてくる。そのなかに、岬と同じ年頃の女がいた。ピンクのマタニティドレスの腹が、大きくせり出していて、歩くのも大儀なようだった。彼女は岬と並ぶように歩きながら、ベビーカーをのぞきこんだ。

「可愛いですね。三ヵ月ぐらいですか？」

甘ったるい声で話しかけられて、岬は狼狽《ろうばい》した。額にかかる髪を指で払うと、逃げるように足を速めた。背後で女が憤慨するような声を出したが、振り返る気にもなれなかった。

商店街を抜けると、旧甲州街道を右折して新宿方面に向かって歩き始めた。五分ほど歩き、細い路地を左に入ると、グレーの五階建てのマンションがある。陽子が夫と暮らす部屋は、その四階にあった。

チャイムを押すと、すぐにドアが開き、笑みを浮かべた陽子が顔を出した。コットン素材の白いノースリーブに、細身の黒いパンツ。そのシンプルな服装は、ほっそりとした体つきの彼女に似合っていた。

陽子はベビーカーに気づくと、ピンクの口紅を薄く塗った唇を中途半端に開き、眉《まゆ》を寄せた。

「どうしたの？　この子」

「ミチルって言うんだけど。とりあえず、家に上げて。駅から歩いてきただけで汗がすごくて」

「だけど……」

「あとで説明するから」

陽子を押しのけるようにして玄関に入ると、ベビーカーの車輪をストッパーで固定した。ドアを背に呆然《ぼうぜん》と立っている陽子を横目で見ながら、岬はミチルを抱き上げた。そのとたんにミチルが泣きだした。顔を朱色に染めて甲高い声を張り上げる。まるで悪魔のようだ。しかも臭う。家を出る前におむつを替えたばかりなのに、早くもやらかしたらしい。ミルクをやったほうがいい頃合いでもあった。

「どこの子なの？」

「バスタオルを貸して。おむつを替えるから」

「ええっ？　それはいいけど」

ソファの脇に、陽子が持ってきてくれた真っ白なバスタオルを敷いた。ミチルを仰向けに寝かせると、ベビーカーから替えのおむつを持ってきた。顔を赤くして手足を動かしているのをなんとか押さえつけ、汚れたおむつを尻の下から引き抜いた。最初のときと比べたら、ずいぶん上達したものだ。

周囲に甘酸っぱいような臭いが立ち込めた。息をなるべくしないようにしながら、おむつを丸めると、ティッシュでお尻のあたりをざっとぬぐい、新しいおむつをつけた。

「これでよしっ」

ミチルを抱き上げ、背中を軽く叩いた。それでも、彼女は泣き止もうとしなかった。いいかげんにしてくれ。

強く揺さぶりたいと思ったけれど、育児書に、それは厳禁だと書いてあったことを思い出し、なんとか思いとどまった。

「おなかすいているんじゃないの？」

「そうかもね」もうたくさんだと思いながら岬は言った。「台所を貸して。それと、この子を抱いていてもらえる？」

「えっ、私が？」

ミチルを差し出すと、陽子は高価なワイングラスを扱うときのように真剣な目つきをして、彼女を抱き取った。ミチルは陽子の腕に収まると、すっかりおとなしくなった。

「案外、重いわね。それなのに柔らかい」

感心したように陽子が言った。それがきっかけになったのか、ミチルはいきなりそっくり返ると、手足を激しく動かし始めた。顔が歪み、頬が赤くなっている。号泣開始の合図だった。

「えっ、どうしたらいいの」

「もういいよ。そのまま泣かしておいて。死ぬわけじゃないから」

「ええっ、でも……」

とにかくミルクだ。岬は手早く哺乳瓶の用意をして陽子に手渡した。ミチルは、唇で哺乳瓶を探り当てると、ぴたりと泣き止んだ。陽子は哺乳瓶を持ち、息を潜めるようにしてミチルを見つめていた。ひとしきりミルクを飲むとミチルは機嫌を直したように、意味不明な声を発し始めた。陽子が頰をつつくと、はしゃぐように体を揺すった。

「へえ、可愛いわねえ」

岬は煙草を取り出してくわえた。ここのところ節約の必要もあって禁煙していたのだけれど、昨日からのごたごたで神経が昂《たか》ぶっていた。ニコチンの力でも借りなければ、まともに考えることができなさそうだった。ライターをつけると、背後から鋭い声が飛んできた。

「ミチルちゃんがいるでしょう。ベランダで吸いなさい」

岬は煙草のパッケージをテーブルに放り出した。

陽子は彼女を抱いたまま、リビングとはふすまで隔てられている和室へ入った。そこは、岬が泊まらせてもらおうと考えていた部屋でもあった。押し入れを探る音が響き、しばらくすると調子はずれの子守唄が聞こえてきた。背中のあたりがむず痒《がゆ》くなってくる。岬はテレビをつけた。中途半端な時間のせいか、主婦向けの情報番組やドラマの再放送ぐらいしかやっていなかった。

リモコンでチャンネルを変え続けているうちに、ふすまがそっと開く音がして、陽子が戻ってきた。

「寝た？」

陽子はかすかにうなずくと、岬の隣に腰を下ろし、テレビを消した。

「あの子、岬ちゃんの子なの？」

「そんなわけないでしょう」

「ご両親はどうしたの？」

「さあ……。悪いんだけど、しばらくあの子と二人でここに置いてもらえないかな」

陽子は形のよい口元を引き締めると、岬をまっすぐに見つめた。眼鏡の奥にある切れ長の目は、岬の心の中を見透かそうとするかのように、青白く光っていた。

説明をしない限り、二人を受け入れる気はない、と言っているようだった。

陽子がそういう態度をとるだろうということは、予想がついていた。彼女は子どもの頃からお菓子や洋服をねだっても簡単に買ってくれるような人ではなかった。一方で、理由を聞き、自分が納得すると気前よく財布を開いてくれる人だった。

岬は、昨日、起きた出来事について、かい摘《つま》んで話をした。陽子は目を軽く閉じて、話に聞き入っていた。血管が透けて見えそうなほど薄い皮膚が、時おり神経質に引き攣《っ》れた。

「というわけ。この子の両親を探さなくちゃならないから、昼間、面倒を見てもらえない？　夜は私がなんとかする」

陽子は首を横に振った。

「話がよく分からないわ。佐藤という人は、なんでこの子があなたの子だって言うの？　警察に届けたほうがいいように思うけれど」

それができないから、こうやって頼んでいる。その理由について、説明をするのは気が進まなかった。だが、陽子は眼鏡の奥の目を細めると言った。

「何か隠していることがあるでしょう」

まっすぐ伸びた背筋が、嘘は許さないと宣言していた。

「話したら、しばらくここに置いてくれる？」

「聞いてから考える」

岬はため息をついた。それでも、中原陽子の協力がどうしても欲しかった。

「私、一年ぐらい前に卵子を売ったの」

恥ずかしいという気持ちを胸の奥に押し込めて一気に言うと、陽子が両目を大きく見開いた。端正な顔が、嫌悪感で歪むのを見て、岬は視線を落とした。

そういう反応をするだろうと思った。だから話したくなかったのだ。

「なぜそんなことを……」

「留学するお金が欲しかったから。お父さんに頼めるような状況でもなかったし」

最悪としか言いようのない日々が生々しく思い出されてきた。岬は煙草に火をつけた。今度は陽子も何も言わなかった。


二年前の秋、霞が関の官庁街には、夏をなぎ払うような涼しい風が吹いていた。おろしたてのダナ・キャランのパンツスーツを着ていたことを覚えている。その日の朝刊で、ちょっとしたニュースを抜いていた。記者クラブにいる他社の記者たちが右往左往しているのが、痛快だった。

閣議の後に開かれる大臣会見に出た後、記者クラブに歩いて戻ろうとしていたとき、携帯電話が鳴った。通信社電で特ダネでも流されたのかと思ってひやっとしたが、電話の主は、ふだんほとんど顔を合わすこともない部長だった。部長はすぐに本社に上がるようにと告げ、電話を切った。

デスクや記者のいる一画には、いつもどおりの空気が流れていた。スピーカーは通信社が配信予定の記事の見出しをひっきりなしに告げ、一日中つけっぱなしにしてあるテレビは、園芸番組を映し出している。アルバイトの女の子は、背中を丸めてスクラップに精を出し、デスクは紙に打ち出した原稿に赤を入れながら、紙コップ入りのコーヒーを啜《すす》っている。

だが、いつもとは何かが決定的に違っていた。「お疲れさまです」と声をかけたとき、違和感の正体が分かった。誰も岬の顔を見ようとしなかったのだ。

奥まった席に座っていた部長が岬に気づいて立ち上がった。その表情を見るなり、何かよくないことが起きたことを悟った。部長は大またで近づいてくると、衝立《ついたて》で仕切られた談話スペースに入るようにと言った。ソファに散らばっていた新聞や雑誌を片づけて席に着くなり、部長は夕刊紙を岬の目の前に突きつけた。

『東都新聞女性記者　脅迫でスクープ連発!』

大きな見出しが視界に飛び込んできて、顔がかっと熱くなった。

部長の手から、ひったくるように新聞を取り上げ、むさぼるように記事を読んだ。原島勇次とのことが、あきれるほど詳しく書かれていた。新聞を持つ手が無様に震えるのを止められなかった。

記事の趣旨は明解だった。官僚と不倫をしている女性記者が交際を妻にばらすといって相手を脅して内部資料を持ってこさせ、それを基に記事を連発した。

名前は伏せられており、イニシャルだけが掲載されていたが、何の意味もなかった。九七年入社の女性記者でその記者クラブに詰めている、と書かれれば誰のことを指しているのかはすぐに分かる。原島と並んで歩いている写真も掲載されていた。目隠しの黒い線が入っていたが、顔見知りならすぐに分かってしまう類のものだった。

新聞を床に叩き付けたいという衝動をかろうじて抑えると、肩で息をした。気を抜けば、意識を失うのではないかと思った。

「これはどういうことなんだ」

部長は銀縁眼鏡の奥から、射るような視線を投げつけてきた。

ソファの肘掛けをつかんで、よろけそうになる上半身を支えた。戸惑いと狼狽、そして激しい怒り。さまざまな感情が、濁流となって体中を駆け巡った。

「どうなんだ、えっ」

嘘をつき通すことはできないと思った。あれだけ細かく調べ上げられているのだから、言い逃れはできない。だけど、記事のすべてが本当ではない。

「ネタをもらったりはしていません。私の記事は、ちゃんとした取材を基に書いたものです」

部長が、つるりとした顎を撫でた。

「最近、おまえは目に見えて出稿量が増えていた。違うか?」

疑われていると思うと、悔しくて涙が滲んだ。記事が増えたのは努力したからだ。

会社の飲み会で、酔っ払った同僚に、民放のちゃらちゃらしたアナウンサーのように見えるからそういう浮ついた格好はやめたほうがいい、信頼を損ねる、と言われた。くだらないと思った。どっちが仕事ができるのかを思い知らせようとして、しゃかりきに仕事をした。それだけだ。

「クラブに戻って取材ノートを取ってきます。それを見れば、はっきりするはずです」

取材ノートには、取材した相手の名前と内容が克明にメモしてある。原島からネタを強請《ゆす》り取ったのではないことが、証明できるはずだった。

部長は、重々しくうなずいた。

「後で見せてもらおう。週刊誌からも取材依頼がきている。受けざるを得ないから、ノートは役に立つだろう」

「部長、私に対応させてください」

「いや、取材を受けるのは俺一人で十分だ。下手に騒ぎ立てると、扱いが大きくなるばかりだからな。どうせおまえのことだから、相手に嚙み付くんだろう。よけい面倒なことになる」

「ちゃんと反論してくれるんですか」

「社の名誉のためにな。でも、そう簡単にはいかない。取材ノートを開いて相手に突きつけるわけにはいかない。証拠を出せない以上、疑いを完全に晴らすことはできないだろう」

部長の言いたいことが分かり、岬は青ざめた。

新聞記者がネタ元を明かすことはできない。いくら克明にメモがとってあっても、取材ノートを公開して、原島からネタを提供してもらっていないと証明することはできなかった。そんなことをすれば、取材に善意で協力してくれた人を背後から切りつけることになる。

それにしても、なぜこんな悪意のある記事が出るのか分からなかった。自分が人に好かれるタイプだとは思っていない。でも、要は派手だとか、態度がでかいだとか、そういった類の悪口を言われているだけだ。こんなことを仕組まれるほど、憎まれているとは思えなかった。

そのとき、ふとある考えが浮かんだ。

「この記事の内容、原島さんを追い落とそうとする人間がタレ込んだんじゃないですか?」

その推理は、間違いないように思えた。女の嫉妬なんて、男の嫉妬に比べれば可愛いものだ。職場での地位をめぐり、くだらないけれど真剣な争いが起きるのをしょっちゅう見ている。今回のことも、その一つだと考えれば、すんなりと納得できた。記事は原島を被害者に仕立て上げているけれど、彼のほうも職場で問題になるに決まっている。

「取材してみます」

岬は床を蹴って立ち上がった。

こんなことをされて、黙っていられるわけがない。自分と原島を陥れた人間を、必ず割り出してみせる。泣き寝入りはしない。

闘志が体にみなぎってきた。知らず知らずのうちに、両手の拳をきつくにぎりしめていた。やってやる。それぐらいのことができないで、記者なんてやっていられるか。

「馬鹿者！」

突然、叱声《しっせい》が飛んできた。部長は岬の手から新聞を奪い取ると、雑巾を絞るように捻《ひね》り、ごみ箱に放り込んだ。

「なんで！」丁寧語を使うことも忘れて叫んだ。「やらせて」

「そんなことができるか、この馬鹿者がっ」

周囲の席にいる社員は、息を潜めるようにして成り行きを見守っていた。唇を嚙み、一人一人をにらみつけた。

この会社には加勢してくれる気骨のある奴はいないのか。偉そうに国家天下を論じているくせに、みんなてんで腰抜けじゃないか。

罵倒の言葉が口から飛び出す寸前に、部長の顔に哀れみとも困惑ともつかない表情が浮かんでいるのに気づいた。

部長はふっと岬から視線を逸らすと、吐き出すように言った。

「おまえが連中の足の引っ張り合いに巻き込まれた可能性は、大いにある。そんなことは俺にだって分かっている」

岬は意外な思いで部長を見た。そこまで分かっているのだったらなぜ、戦わせてくれないのだろう。

「だがな、おまえにも問題がある。取材先とそういう不適切な関係になることがまずいとは思わなかったのか」

体から力が抜けていった。

不適切な関係……。同じ言葉が頭の中をぐるぐると回った。

いまどき不倫なんて珍しくもない。第一、目の前にいる部長だって、契約社員の女性と噂になったことがあったじゃないか。

岬の思いを読み取ったのか、部長は気まずそうに咳払いをした。

「確かに、誰が誰とつきあおうと他人の知ったことじゃない。だが、取材先となれば話は別だ」

誤解を受けても仕方がない、と言うことか。反論はいくらでも浮かびそうなのに、言葉が出てこなかった。

部長の言ったことを頭の中で反芻《はんすう》してみた。一理あることは認めざるをえなかった。

「まあ、今さらこんな説教をしても遅いな。とにかくノートを取ってこい」

部長は苦虫を嚙み潰したような顔でそう言うと、自分の膝をばんっと叩き、席を立った。

その翌日から有給休暇を取らされた。取材にはすべて会社が対応するから、いっさい答えるなと釘を刺された。それでも取材する側は深夜でもお構いなしに自宅のチャイムを無遠慮に鳴らし、インターフォン越しに質問を並べ立ててくる。彼らは埼玉の実家にまで押しかけた。半狂乱になった母親から連日のように電話がかかってきた。一人では耐えられなくなり、原島に電話をかけてみたが、携帯電話は解約されていた。職場にいる彼を呼び出すほどの勇気はなかった。

それでも一週間もすると、世間の関心は薄れた。自分のニュース価値なんて、そんなものだと思った。復帰したら、仕事で見返そうと思った。こんな問題を起こしたのだから、間違いなく担当を変えられる。それはむしろ望むところだった。人脈もなにもないところで一から出直し、それでも実績を上げれば、汚名など返上できる。

そんなふうに意気込んでいたこと自体、今となっては滑稽に思えた。出社を命じられた日、勢い込んで部長のところに行くと、その場で即座に資料室への異動を命じられた。誰の目にも明らかな懲罰人事だった。

半年ほどおとなしくしていれば、現場に戻れると訳知り顔で言ってくれる先輩もいたけれど、机の前で座っているだけの毎日に耐えられなかった。納得もいかなかった。仕事でミスをしたわけではない。それどころか絶好調だったのだ。男性記者だったら、笑い話程度ですんだのではないかという思いも拭えなかった。秋が終わる頃に出した退職願いは、その日のうちに受理された。

一ヵ月ほど骨休めをしてから、すぐに新しい職場を探し始めたが、すぐに自分の甘さを思い知らされた。全国紙はもちろんのこと、業界紙や地方紙でも、面接にすらこぎつけることができなかった。仲立ちをしてくれる人もいなかった。仕方なくフリーで仕事を始めてみたが、獲得できた仕事といったらタウン誌に毛が生えたようなものばかりで、とてもやる気になれなかった。原稿料も驚くほど安い。新聞記者だった人間が太鼓持ちのような真似をするわけにはいかないから、企業のＰＲ誌の原稿を書くような仕事はするまいと決めていた。金のために心にもないことを書くのは嫌だった。

だが、そんなプライドにしがみついていられる状況ではないことも分かっていた。

八方ふさがりだったとき、ただ一人、相談に乗ってくれたのが社会部にいる同期の平木佐和子《ひらきさわこ》だった。お人よし面が気に入らない女だったけれど、アメリカの大学で一年ほどジャーナリズム講座を受講してきたらどうか、という彼女の提案は悪くないと思った。ほとぼりを冷ます時間が必要だった。それに、箔《はく》をつけて帰れば、周りの待遇も変わってくるはずだ。岬はその話に飛びついた。

だが、またしても壁に突き当たった。お金が足りなかったのだ。新聞社の給料は、決して安くはないけれど、山の手線の内側に1LDKのマンションを借り、まともな服を着て会社に行こうと思ったら、貯金なんてしていられない。銀行の通帳の残高は百万円を切っていた。

まとまった資金を作る必要があった。しかもできるだけ早く。何か方法はないものかとインターネットで調べていたときに、ある広告に目が留まった。

『婦人科系新薬の開発に協力してくれる女性を募集　セントメリーズ病院』

健康な人に新薬の候補物質を投与して安全性を調べる臨床試験の被験者を探しているのだと思った。そうしたアルバイトは、支払いが滅法いいということも知っていた。リスクはある。だけど、それを引き受けない限り、自分は再浮上できない。話を聞いてみる価値はあると思った。

指定された日に病院に出向くと、卵巣機能の検査をされた。後日、呼び出されて聞かされたのは、不妊治療の研究に使う卵子を採取したいという話だった。戸惑いはあった。だが、採取した卵子は研究終了後には廃棄するし、受精させることはないと説明された。三百万円という謝礼も魅力だった。

卵子を売ってはならないことは常識としては知っていた。だが、不妊治療の研究に役立つのだから、人助けだと言われた。そのとおりだと思い込むことにした。ちょっと目をつぶれば、人が助かる。そして自分も助けられる。金ができれば、アメリカに留学して、人生を仕切りなおすことができる。

陽子は膝の上で重ねた手元を見つめていた。怒っているのか、呆《あき》れているのか、能面のように強張った表情からは、見極めがつかなかった。

「なんとか言って」

陽子は、小さく息を吐き出すと、傍らにあったタオルで眼鏡のレンズを拭き始めた。

「そのとき採取した卵子を人工授精させて生まれたのがあの子なら、佐藤という人の言うこともまるっきり見当違いではないということね」

「子どもはつくらないっていう話だったんだから、私には関係ない。むしろ被害者じゃない。泣き寝入りはできないよ」

陽子は立ち上がると、和室へ入った。押し入れを探る音が響いてきた。

岬は爪を噛みながら、イライラと煙草を灰皿に押し付けた。

しばらくすると、陽子は角が擦り切れたアルバムを手に戻ってきた。えんじ色の表紙に、見覚えがあった。

陽子は岬と並んでソファに座ると、アルバムを広げた。

かすかな黴《かび》の匂いと一緒に、生まれたばかりの頃の自分が現れた。赤いリボンのセーラー服を着て、縁側で籐椅子《とういす》に座っている陽子の膝の上で、機嫌よく笑っている。

ミチルと比べると、髪の毛や眉が薄いようだ。唇はミチルのほうがぽってりとしている。それでも、似ていることは、認めないわけにはいかなかった。

「血がつながっていることは一目瞭然だね。関係がないとは言い切れないんじゃないの」

陽子はアルバムを閉じた。

「それで、どうするつもり？」

「さっきも言ったけど、佐藤っていう男の正体を突き止めて、あの子を返す。それしかないと思ってる」

「心当たりは？」

岬は首を横に振った。

「人一人を探し出すのは、そう簡単なことではないでしょう」

「でもこの子を育てるなんて、考えられないし、新聞沙汰になるのも嫌。ほかに方法はないんだから」

陽子はアルバムの縁を指でなぞりながら、眼鏡の奥の瞳をせわしなく動かした。しばらくそうしていたが、やがて何かを吹っ切るように、前髪を指で払った。

「とりあえず、何があったのか、はっきりさせることは大切かもしれないわね」

壁にかかっているアンティークの時計が時を刻む音が、やけに大きく聞こえた。自分の心臓の鼓動は、それ以上に大きく聞こえた。

「うちの人、月末に帰国するの。それまでなら、ここにいてもいいわ。あの子の面倒も見てあげる」

第一関門は突破できた。

肩の荷が降りた気分になり、陽子に礼を言いながら笑いかけた。だが、彼女はにこりともせずに立ち上がると、ダイニングテーブルの椅子の背にかけてあった桃色のカーディガンを羽織った。

「駅前まで買い物に行ってくる。替えのおむつとか、食べるものとか用意しておきたいから」

陽子は食器棚の引き出しから財布を取り出すと、部屋を出て行った。

4

電車は神田川に沿ってゆるやかな弧を描くレールをダイナミックに走り抜け、御茶ノ水駅に滑り込んだ。ホームに吐き出された勤め人や学生たちの体から立ち上る汗の臭いを吸い込まないように注意しながら、深沢岬は改札口へと急いだ。

気温は三十二度を超えており、駅の構内には水蒸気をたっぷり含んだ空気が充満していた。誰もがうんざりしたような表情を浮かべ、重い足取りで歩いていく。

今日から世間はお盆休みに入った。スーツ姿の勤め人は、サービス業に就いているか、休日出勤を命じられた不幸な人たちだ。軽装の学生は、たぶんこの駅の周辺に密集している予備校に通う受験生だろう。

改札口を抜けると、交差点を左に曲がって、聖橋を渡った。歩きながら暗緑色の川面を見下ろす。かすかな腐臭が立ち上ってくるところも去年と同じだ。

岬は羽織っていた綿のシャツを脱いで腰に巻きつけた。

去年、五回ほどこの橋を渡った。今でもはっきりと覚えているのは、排卵誘発剤を数度に分けて打った後、卵が十分に成熟した頃を見計らって病院に呼び出されたときのことだ。卵子の採取をどんな具合にやるのか不安で仕方なかった。三百万円、三百万円とつぶやきながら、この橋を渡った。採取は案外、あっけなく終わった。局部麻酔を打たれた後、細い金属の棒のようなものを局部に差し込まれた。ぎゅっと目を閉じていたら、いつの間にか処置はすんでいた。帰りにこの橋を反対方向から渡ったときには、翌日振り込まれる金のことや、アメリカで始まる新生活を思い描き、にやにやとしていた。

一年ちょっと後に、こんなに苛立ちながら、再び橋を渡るとは想像もつかなかった。

やりきれない気分になり、岬は欄干を蹴った。

少しは胸がすかっとするかと思ったのに、爪先がしびれただけだった。

駅に向かって歩いてくる背広姿の中年男が、呆気《あっけ》に取られたように口を開けて岬を見た。見事に日焼けした広い額に、脂が浮き出していた。

「何見てんのよ！」

低い声で言うと、男は狂犬にでも出合ったように頬を引きつらせ、一目で安物と分かる鞄を小脇に抱えると、逃げるように駅のほうへと歩いていった。

何をやっているんだ、私は……。

苦い思いを岬は噛みしめた。

余計なことをせずに、目の前にあるトラブルを機械的に処理することに専念したほうがよさそうだった。

清水坂下の交差点を神田明神とは反対方向に曲がるとすぐに要塞のようなグレーの建物が見えてくる。セントメリーズ病院は、民間病院では都内で五指に入ると言われる総合病院だった。

威風堂々とした建物を去年、初めて見たときには、自分などには到底理解できない最先端のテクノロジーが詰まっているように見えて、頼もしく思った。今、目の前に聳《そび》え立つ建物は、無機質でよそよそしく感じられた。

客待ちのタクシーが列を作っているアプローチを抜け、病院の中に入った。消毒液の匂いがかすかに混じった空気が全身を包んだ。強い陽射しに照らされていた肌が、ほっと息をつく。

初めに産婦人科のある三階に行った。担当した医師の名前は、覚えてはいなかったが、ぼんやりとした記憶は残っていた。五、六回は顔を合わせたから、本人と会えば分かりそうな気がした。

卵巣に障害があり、卵子をつくれない夫婦が子どもをつくるために、自分の卵子は使われたのではないか。その結果生まれたのが、ミチルだと想像していた。その夫婦がどこの誰だか分からない以上、まずは卵子を採取した医者に会うことだった。

産婦人科の前にある廊下には、医師の名を記したプレートを貼った表があった。表は月曜日から土曜日まで、午前と午後に分かれており、それぞれに担当医のプレートが貼り付けてある。

ぴんとくる名前は見当たらなかった。

あの時は二度と会わない相手だと思っていたから、気にも留めていなかった。もしかしたら名前を聞いただけでも思い出すのではないか、という楽観的な希望は打ち砕かれた。

岬は待合室のベンチに腰をかけた。同じベンチの端に座っていたショートカットの若い妊婦が、小動物のようなくるりとした目を素早く動かして岬のほうを見た。女の膝の上に広げられていた育児雑誌のページから、裸の赤ん坊が微笑みかけてきた。

その姿にミチルが重なった。

岬は、女がこれから産む子とミチルとの間にあるどうしようもない差に気づいて愕《がく》然《ぜん》とした。その女の子どもは、望まれて生まれてくる。それに引き換え、あのミチルという子はどうだ。親に捨てられ、自分も厄介者としか思っていない。

でも、何もできないし、責任もない。

岬は自分にそう言い聞かせると、雑誌から視線を逸らした。

それから一時間ほど待合室で粘った。その間に、何人かの医師の姿を目にしたが、いずれも記憶に引っかかってこなかった。

こんな方法では埒《らち》があかないかもしれないと思い始めたとき、白衣を着た中年女に声をかけられた。

「さっきからずっとお待ちになっていますよね。順番が狂っているのかしら。あなた、お名前は？」

「いえ、人を待っているだけなので」

女は穏やかな笑みを崩そうとはしなかったが、銀縁のまるい眼鏡の奥で、細い目が警戒するように光った。

「どなたを？」

「いいんです。ちょっとその辺、探してきます」

口の中でもぞもぞと言うと、岬は逃げるように待合室を出た。

一階の総合受付には、すでに十人以上の人が並んでいた。岬は列の最後尾につくと、あたりを見回した。カウンターの向こう側では、サーモンピンクの事務服を着た職員が、にこやかな笑みを浮かべて患者に応対している。受付の前に五列に並んだベンチは、ほとんどの席が埋まっていた。診察の順番を表示する電光掲示板に険しい視線を送っている女。表紙がよれよれになった週刊誌に読みふけっている老人。学生服を着た青白い頬の少女もいた。彼女のブラウスの白が目に痛かった。

診療器具を満載したカートを押した看護師が、慌しく廊下を行き来する。医師は白衣に袖を通しながら診察室へ急ぐ。雑然としているのに、規則正しさも感じる。病院の空気は好きではないと改めて思った。異国の街を歩いているときのような、落ち着かない気分になる。

十分ほど待つと、ようやく岬の順番が回ってきた。

「初診ですか？　保険証をお預かりします」

明るい色に染めた髪をシニヨンにまとめた事務員が、手元の用紙に何か書き込みながら言った。

「去年、ここの産婦人科で診察を受けた者なんですけど、そのときの担当医に診てもらいたいんです」

彼女が顔を上げた。目尻の部分を不自然に跳ね上げたアイラインを引いた目が、戸惑うように揺れている。

「とにかく保険証をお願いします」

持っていない、と答えると、女は脅すような口調で、「全額自己負担になりますけれど、いいんですね」と念を押した。了解すると、問診表のようなものを渡され、三階に行くようにと言われた。

それからまたしても待合室で一時間ほどの時間を過ごした。ようやく名前を呼ばれて診察室に入ったとたんに、この作戦も先行きが怪しくなってきた。スツールに座って待っていたのは、さっき待合室で声をかけてきた中年女だったのだ。正岡、というネームプレートをつけている。

正岡も、岬を見て、驚いたように目を見開いたが、すぐに落ち着き払った態度で、岬が書いた問診表に視線を落とした。

「卵巣の具合が悪いような気がする……」岬が記入した内容を読み上げると、正岡は首を傾《かし》げた。「どんな症状があるんですか」

「私、去年、この病院に来たんです。そのときの先生に診てもらいたいんです」

正岡は口元だけで微笑みながら、ペン先で問診表をコツコツと叩いた。

「あなたのカルテはないようですよ。再診とおっしゃったようだけれど、初診扱いになっています。受診したのは別の病院だったのでは？」

「そんなはずはないです。はっきりと覚えています」

「別にどこの病院を受診されていても、構いませんよ。ちょっと拝見しましょうか」

正岡は部屋の奥にある診察台を手で指した。足台がついた例のやつだ。あれに座らされるのは、まっぴらだった。

「あの、そうじゃなくて、担当医の先生をお願いします。中年の男性で、なんかこう、丸っこい感じの人で……」

正岡が口元を引き締めた。

「あなた、具合が悪いのでしょう？　私が診察します」

「嫌です！」

思わず口走っていた。正岡の目が丸くなった。隣に待機していた若い看護師も、呆気に取られたように、口をぽかんと開けている。

「とにかくカルテを探してください。そして見せてください。去年のものなんだから、捨てられたってことはないと思います。いいかげんな探し方をしたんじゃないんですか」

正岡はお手上げだとでも言いたそうな表情を浮かべて椅子に座りなおすと、去年はいったいどんな症状があって受診したのか、と尋ねた。

岬はどう答えようか迷った。

卵子を採取して見返りに金を受け取ったというのは、どう考えても問題があった。堂々と口に出していいことではない。だが、自分の不妊治療のために卵子を採取するのはよくあることではないか。

「卵子を採取したんです」

岬は簡潔に伝えた。その瞬間、正岡の眉が吊りあがった。

「でもあなた、結婚歴なし、と問診表に書いていますよね。顕微鏡授精は夫婦間に限って受け付けているのですが……」

知らなかった。

冷や汗が出てきた。どうやってごまそうかと考えていると、正岡が言葉を継いだ。

「深沢さん、あなたが去年受診されたのは、別の病院では？」

「いえ、ここで間違いないです。とにかくカルテを探してください」

「うちは電子カルテを導入していますから、見落としたということはありえないんですよ。あなたの勘違いでしょう」

決め付けられて、かっとした。だが、正岡の言うように、カルテは存在しないのかもしれないという気もしてきた。

去年、診察を受けたといっても、正規の医療ではなかった。カルテを作っていなかったとしても、不思議はなかった。

だが、もし仮にカルテが存在しなかったとしても、一人の人間が卵子をこの病院で採取したという記録を完全に抹消することはできないように思えた。処方した薬とか、検査の記録だとかの記録は、必ず残っているはずだった。そういえば、問診表も排卵誘発剤を注射する前に、書いた記憶があった。

岬は名刺を取り出して、正岡のデスクに置いた。

「自分が受けた診療について、取材をしたいんです。去年、私を診察した医者に会わせてください」

正岡は名刺を手にとり、しばらく眺めた。彼女の表情は全く変わらなかった。

「あなたでは判断できないということなら、この科の責任者に会わせてください」

正岡は一瞬だけ鋭い目付きをしたが、すぐに元どおりの無表情に戻ると、噛んで含めるようにゆっくりと言った。

「産婦人科の責任者は部長の私ですが、取材となると、私が決めるわけにはいきません。広報を通していただく規則になっています」

正岡は看護師を呼ぶと、「青井さんを呼んでください」と指示をした。

「今、担当のものがまいります。ですが、深沢さん、あなたはやはり何か勘違いをしておられるのではないですか。この病院は最先端の治療を手がけていると自負していますけれどね、残念ながら民間病院に過ぎませんから、確立された医療を患者さんに提供しているだけです。どんな目的であっても、未婚の方の卵子を採取することはありません。それよりあなた、なぜ卵子を採取したんですか？」

まずい方向に話が流れてきたと思った。

「それにあなた、具合が悪いんでしょう。取材云々はともかく、診ておきましょうか」

「いえ、それは……」

そのとき、看護師が入ってきて、岬を呼んだ。正直、助かったと思った。岬はそそくさと診察室を出た。

受付の前で、半袖のワイシャツにグレーのズボンをはいた小男が待っていた。色白で下膨れの顔は、うらなりのひょうたんを連想させた。男は走ってきたのか、荒い息を吐きながら岬についてくるようにと言った。

会議室のような部屋に入ると、男は懐から名刺を取り出して、片手で渡してよこした。

「企画部門で広報を担当している青井と言います。この春から当院では取材はすべて私が仕切ることになっておりまして。今、病院にとっても広報は大切なミッションですからね」

それを受け取りながら、岬は暗い気分になった。

広報がどういうものか、目の前にいる男に分かっているとは思えなかった。自分たちが選んだ情報を、自分が書いてほしいように書かせる。広報と宣伝を同じ意味に捉えていそうなタイプに見えた。

岬が渡した名刺を受け取ると、青井は素早く視線を走らせた。名刺をひっくり返して裏面に何も記載されていないことを確認すると、ほっとしたように息を吐き出した。

「正岡先生に聞いたのですが、ちょっと事情が分からないんですが。カルテがない、ということは受診されていないのでは？」

「いえ、確かにここで去年、診察を受けました。そのときの担当医に会わせてください」

「取材、ということですか？」

「ええ」

「うちはね、こういう仕組みになっているんですよ」

青井はクリアファイルから、Ａ４の紙を一枚取り出し、岬に向かって突き出した。

「内容を具体的に書いていただかないと。掲載誌や掲載時期も必ず書いて、ファクスしてください。それを拝見して、こちらで判断して、ご連絡します」

「今日中に返事をもらえますか」

「それは無理ですよ。部門長、事務長、院長に許可をもらわないといけませんからね。最低でも一週間はみていただかないと。おたくだって、じっくり取材をしないと、いい記事を書けないでしょう」

「急ぐんです。なんとかなりませんか」

岬は怒りを押し殺しながら言った。

「週刊誌の緊急記事かなにかですか？　どこの社ですか？　フリーの方の場合、念のために確認させていただくことになっていますが」

青井は値踏みをするように、岬を見た。

「それは……。今いろいろ詰めている段階なので」

でたらめを口にしても、この男は必ず確認の電話を入れるだろう。

東都新聞の名刺があれば……。こんな馬鹿に、値踏みなどされることもなかったのに。そう思っても、頭を下げるしかなかった。

「カルテが見つからないということであれば、とにかく一度、正岡先生にでもゆっくり話を聞かせてもらえませんか」

青井は岬の名刺を裸のままポケットに突っ込むと、口元にかすかに笑いを浮かべた。

「うちは患者さんからのカルテの開示要求には、誠意をもって応じていますよ。ですがね、そのカルテがないということは、受診されていないということではないでしょうか。それでカルテを開示しない、といって言いがかりをつけられてもねえ」

「言いがかりだなんて」

「最近、病院をバッシングして大衆受けを狙う記事がはやっているみたいですね。書く価値も読む価値もない。紙の無駄だ。あなたもそういう記事を書きたいなら、別のところを取材したほうがいいんじゃないですか」

我慢の限界だった。こんな馬鹿に遠慮はいらない。

「書いてほしいって言うなら書くわよ。書かれてみないと、あなたには意味があるかどうか分からないみたいだから」

うらなりびょうたんが、目を白黒させた。

つまらない男だ。かさにかかるのは得意なくせに、かさにかかられると、すぐに腰が引ける。

「とにかく、上に話を通してください。報道対応のイロハも知らないあなたに、まともな判断ができるとは思えないから」

青白い頬が、さっと紅潮した。

これぐらい言ってやって当然だ。

「ちゃんと所定の手続きをしてくれれば検討しますよ。確約はできませんがね」

青井は威厳を取り戻すかのように胸を張り、わざとらしいしぐさで腕時計を見た。

「会議がね、あるんですよ。それじゃ、取材申請書をファクスしてください。ですが、理解してほしいですね。うちの先生方はお忙しい。NHKさんとか、東都新聞さんとか、そういうクォリティの高い報道機関に協力することはやぶさかではないですがね。ほかの病院さんだって同じだと思いますよ」

捨て台詞《ぜりふ》を残すと、青井は肩を怒らせながら、去って行った。

岬は、取材申請書と書かれている紙を一瞥《いちべつ》すると握りつぶした。こんなものを出したって何の意味もない。どうせ、ちゃんと調べる気はないし、アポイントを入れる気もないのだろう。

これから毎日、産婦人科の前で張っていて、知った顔が現れるのを待つしかないのか。

だが、それはあまりにも効率が悪いように思われた。しかも、期限までにあと十日もないのだ。別の方法を考えたほうがよさそうだった。

病院を出ると、強烈な陽射しが肌にまともに当たった。空にはふとんの中綿のような雲がいくつも散らばっている。岬は陽射しに歯向かうように、空を見上げた。人を小ばかにしたようなプラスチックのバケツのような色をしていた。

地下鉄の大手町駅に直結したビルの地下にある喫茶店に平木佐和子は約束の時間の五分前に現れた。相変わらず垢抜《あかぬ》けないスーツを着ている。紺色でスカートが膝丈のタイトだなんて、まるでリクルートファッションだ。ノーメークどころか、眉毛さえ整えていない。大型スーパーの特売品コーナーにでも売っていそうなナイロンのバッグがはちきれそうに膨らんでいた。

なぜこうも自分の見かけに無頓着になれるのだろう。もとは悪くないのに、これではまるで女オタクだ。

平木は爪先立つようにして手を振り、テーブルに小走りで駆け寄ってきた。最後に彼女に会ったのはアメリカに行く前だったから、約一年ぶりということになる。平木は頬に少し肉がつき、ふっくらとしていた。ウエイトレスにレモンティーを頼むと、岬をしげしげと眺め、感心したように言った。

「やっぱりアメリカ帰りは違うね。やっぱり向こうでは、ジーンズが当たり前なんだ」

金がないから、まともな服が買えないとは口が裂けても言いたくなかった。岬は無理に笑顔を作った。

「ま、フリーの特権ってことで」

「留学はどうだった？」

そう言われて思い出した。留学を勧めたのは平木だった。外見は冴《さ》えないけれど平木は結構、まともなことを言う。書く記事も割と鋭いところを突いている。彼女は、派手な剛速球を投げるタイプではないけれど、小気味のいいシュートをコンスタントに決められる玄人好みのピッチャーのような記者だった。

「そこそこ面白かったよ。そっちはうまくやってる？」

八〇年代の高校生のようなショートカットの黒髪を揺すると、平木は大げさに顔をしかめてみせた。

「相変わらずデスクに怒鳴られてばかり。深沢さんみたいに気が利かないから」

愚痴につきあう気はなかったので、岬は早速用件を切り出すことにした。

「平木さん、医療に詳しかったよね」

「この春、企画をやったけど」

「実は頼みがあるんだ。セントメリーズ病院に去年勤めていた医者を探しているんだけど」

「ネットで検索しても出てこなかった？」

「去年、そこにいたっていうだけで名前が分からないの」

平木は眉をひそめながら、両手でティーカップを口に運んだ。

「その病院なら、何人か知っている医者がいるけれど」

「ちょっと調べたいことがあって。職員録を産婦人科のところだけでいいから、コピーしてもらってほしいの」

平木が真顔になった。ほんわりとした笑みは消え、目元が引き締まっている。取材をするときや、原稿を書くとき、彼女はこんな表情を浮かべる。

「なんの取材をしているの？　こういうこと言いたくないけれど、深沢さん、どこかに記事を書くわけでしょう。一応、うちとは競合相手ってことになるから」

岬は顔の前でひらひらと手を振った。

「取材じゃなくて、個人的なこと。アメリカに行く前にその医者に世話になったんだけど、ちょっとトラブルがあって捜しているの」

平木は思案するように唇をひき結んだ。

岬はバッグに手をかけた。断られるかもしれないと思い、奥の手を用意してきた。今朝、早起きをして病院に行く前に準備してきたものを出せば、彼女は絶対に嫌とは言えないはずだった。

紅茶を飲み干すと、平木はにっこりと笑った。仕事モードのスイッチを切ったのだと分かった。

「それじゃ調べてみる。でも、もし記事にするなら、私にも教えて。うちも場合によ

って は同着で記事を出すってことで。そういうことなら構わないよ」

「分かった」

こっちは記事を書く気なんて、さらさらないのだから、そんな条件を呑むことには、なんの問題もなかった。

むしろ、そんなことを気にしている平木のことが気の毒になった。きっと、ろくなニュースが取れていないのだ。彼女の仕事のやり方を考えると、当たり前だと思った。できるだけ早く連絡する、と言うと、平木は社内にいる共通の知人の近況をおっとりとした口調で話し始めた。岬にとっては、興味のない話だったが、成り行き上、仕方なく耳を傾けた。

「じゃ、そろそろ私、取材に行かないと」

平木がそう言って立ち上がったとき、正直言ってほっとした。退屈でしようがなかったからだ。だが、平木はそうではなかったようで、胸の前で手を小さく振りながら、名残惜しそうに言った。

「今度はゆっくり夜に会おうよ。もっといろいろ話をしたいから。深沢さんとは昔からなんか気が合うし」

本当にそう思っているとしたら、平木佐和子は考えていた以上にお人よしだ。というか、鈍すぎる。

「また連絡するね」

用がない限り絶対に電話などしないだろうなと思いながら、岬は右手を振った。去ってゆく平木の後ろ姿を見ながら、岬は気がついた。彼女は一言も岬の仕事について聞かなかった。聞いたら悪いと思ったのだろうか。そういえば彼女は二年前の騒ぎの後も、変わらぬ態度で接してくれた。

岬はすっかり冷えてしまったコーヒーを飲んだ。苦みばかりが舌に残った。

5

地下鉄早稲田駅から地上に出ると、小野田真は黒いナイロンの鞄を抱えなおした。用意してきたマスクをつけようかどうか迷ったが、かえって目立つような気がしてやめた。

ホームの売店で買ったばかりのポケット地図を開く。前川レディースクリニックは早稲田通りを高田馬場方面に少し戻り、穴八幡《あなはちまん》という神社がある交差点を左に入って二つ目の信号の近くにあるはずだった。

小野田の足取りは重かった。これからやらねばならないことを考えると、気が滅入ってしまようがなかった。自信もなかった。だが、それをやりとげなければ、自分の明日が危うくなる。賽《さい》はすでに投げられた。投げられた、というより、自分で投げてしまった。投げた以上は、望む目が出る確率を高めなければならない。

やるしかないのだ、と小野田は自分に言い聞かせた。

しようがないではないか。これは全部、あの男のせいだ。自分が不当に罪人にならないためには、やむをえないことなのだ。

緩やかな上り坂を一歩一歩、踏みめるように、小野田は歩いた。早稲田大学が近いせいか、学生の姿が目立った。彼らの話し声の合間に、沿道の街路樹の枝が立てるかすかな音が聞こえる。

体は疲れ切っていた。一昨日の夜から昨日にかけて車を運転して宮城県に行き、男の遺体を断崖から海に捨ててきた。その断崖は二十年ほど前、宮城県の農業試験場に勤めていた頃に、ドライブで走った海岸線にあった。ドライブインで路肩に車を停めて休憩をしたとき、隣で海を眺めていた初老の夫婦が、「このあたりは自殺が多く、遺体が上がらないことも多い」というような話をしていたことを思い出したから、投棄場所に選んだ。

なぜ、そんなどうでもいいエピソードを覚えていたのかは、自分でも分からない。もしかすると、あの頃から、将来、犯罪者となることを潜在的に意識していて、それで覚えていたのだろうか。

馬鹿なことを……。

不愉快な考えを追い払うように、小野田は歩幅を大きくした。

これまでのところ、すべてが計画どおりに進んでいた。報道番組や新聞で男の死体が発見されたというニュースは流れていなかった。

男が失踪《しっそう》したことを隠しおおせるとは思っていなかった。男の職場の人間が彼を探さないはずがない。別荘の前に停めてあったセダンは都内で乗り捨ててきたが、あの車もそのうち発見されるだろう。だが、仮に自分の毛髪が車の中から発見されたとしても、あの男とのつながりさえ明らかにならなければ、追及の手が自分のところまで伸びてくることはない。

そのとき携帯電話が鳴り出した。職場からだった。出るべきかどうか迷ったが、無視することにした。

小野田の勤め先では、七月後半から八月にかけて各自が好きなときに一週間ほど夏季休暇を取る仕組みだった。小野田は八月の最終週に休むと届け出ていたので、ここ数日は夏風邪を引いたことにして休んでいた。明らかに戸外と分かる場所で電話に出るのはまずかった。小さな電子音が鳴り、留守番電話が作動し始めた。録音が終わると、その場で立ち止まり、メッセージを再生した。

「小野田さん、来週、京都の学会に行かれるそうですが、出張届が出ていません」

きんきんとした声は、事務の女のものだった。

「ご存じかと思いますけれど、仮払いの伝票を起こしてもらうことになっています。明日までに必ずお願いします」

出張に行くのが久しぶりであることを馬鹿にされているような気分がしたが、すぐに気を取り直した。今はそんな小さなことに腹を立てている場合ではなかった。長く立ち止まっていては、人目を引く恐れがあった。小野田はゆったりとした足取りで再び歩き始めた。

信号の先にクリーム色のタイル張りの三階建てが見えてきた。前川レディースクリニック。二階の窓に大きな看板が出ている。思ったよりも質素な建物だった。

小野田はいったんその前を通り過ぎた。しばらく歩いたところにあるコンビニエンスストアの前にある電話ボックスからクリニックに電話をかけた。呼び出し音が三度鳴った後、留守番電話のテープが流れ、本日は休診日だと告げた。事前に調べていたとおりだった。建物の三階は、前川の自宅になっているが、家族は彼の出身地である大阪にいる。休診だということは、建物の中にいるのが、前川一人ということを意味していた。

クリニックに引き返し、昨日、電話で指示されたとおりに裏口に回った。ハンカチで指先をくるみ、注意深くチャイムを押した。インターフォンに出たのは前川本人のようだった。

「正面玄関に回ってもらえますか。すぐに鍵、開けますから」

表に戻ってガラス戸の前で立っていると、紺色のゴルフシャツを着た小太りの男が人懐こい笑みを浮かべ、団扇《うちわ》を忙しく使いながらドアを開けた。

「いやー、今日も暑いですなあ」

前川は生え際が後退した額をぴしゃぴしゃと叩きながら笑うと、深緑色のビニールのスリッパを履くように言った。入り口を入ってすぐ右手にある階段を上ると、院長室、と書かれた部屋があった。

その部屋は十畳ほどの洋室だった。院長室というよりは、書斎として使っている部屋のように見えた。窓際に大きなデスクが配置されており、壁際の本棚には専門書や学術雑誌が整然と並んでいる。入ってすぐのところに、応接セットがあった。テーブルにはペットボトルのお茶が二本出してあった。

窓際にあるデスクの上に電話があることと、窓が閉め切ってあることを確認すると、小野田は前川に促されるままに、入り口に近いソファに腰を下ろした。

「時間をとっていただいて申し訳ありません」

背もたれに体を預けた前川は、右手を顔の前でひらひらと動かした。

「盆休みですから構いませんよ。お茶汲みの女の子もいなくてね。こんなお茶で申し訳ないんですが、私が淹《い》れるよりはましでしょうから」

豪快な声で前川は笑うと、たっぷりと肉がついた上半身をテーブルに乗り出した。

「それで今日は？　もう一度、あれをやろうって話ではないですか？」

「紹介したい患者がいるということです」

前川は我が意を得たりとばかりに、何度も小刻みに首を縦に振った。

「なるほど。だったら、私とあんたで話をしたほうが早い。私のほうはいただくものをいただけるっていうんなら、いつでも結構です」

小動物のような目が、ずるがしこそうに光った。

「先生、この前のとき、特に問題はありませんでしたか」

「普通の不妊治療と全く変わりませんでしたよ。あんたは素晴らしい腕をお持ちだ。まさにゴッドハンドというやつですな。ああ、それに今度はもっと楽ですよ。提供者を私のほうで確保できると思いますから」

前川は、唇をすぼめて笑った。胸元の肉がだらしなく揺れた。

小野田はうなずくと、手提げ鞄から用意してきたゴム手袋を取り出した。外科医が手術のときにはめるような手袋で、人の脂や汗を嫌うデリケートなサンプルを取り扱う実験で使うものを、職場から持ち出してきた。

「ちょっと先生に見ていただきたいものがありまして。壊れやすいサンプルなんですが」

　そう言いながら、培養皿を取り出した。中に入っているのは、細菌や黴《かび》を培養して増やす寒天培地とただのアオカビだ。

「恐れ入りますが、こっちに来てこれを見てもらえませんか」

　前川は訝《いぶか》るように額を撫でた。

「こんな部屋でそんなものを出して大丈夫なんですか」

「ええ。どうかこちらに。こっちのほうが光の具合で見やすいと思いますので」

　小野田は腰を上げると、前川を手招きした。前川は気が進まない様子ながら、立ち上がってテーブルを回り込み、小野田が座っていた場所に腰を下ろした。用意してきたルーペを彼に手渡す。

「なんですかな、これは」

　培養皿に目を近づけながら前川が言う。

「ルーペを使ってください」

「ふむ」

　前川がルーペを手に取り、培養皿を観察し始めた。

「ただの黴ではないのですか」

「ええ。よく見てください。コロニーの左上のほうです」

適当なことを言いながら小野田はソファの後ろに回り込んだ。渾身《こんしん》の力を込めて右手で前川の横っ面を殴った。前川の体がソファの横に吹っ飛び、床に両手をついた。肉厚の背中に馬乗りになると、小野田はポケットに入れておいたロープを取り出し、前川の首にかけた。前川の喉から濁った音が漏れた。喉のあたりをかきむしるようにする。

前川の爪が小野田の手の甲を掠《かす》めた。痛みが走ったが、それはひるみそうになっていた小野田の気持ちを奮い立たせた。ロープを握る手にいっそう力を込めた。

「動いたらすぐにこの紐を引くぞ」

前川の喉から小さな悲鳴が漏れた。

「ど、どういうことだ？　金なら出すから……」

「そういうことではない」

前川の耳元に顔を近づけてささやいた。

「どうすればいい？　助けてくれるなら、なんでもする」

前川が首をひねって、小野田の顔を見上げてきた。

何がなんでも生き延びようとする生き物の本能が、あからさまに滲み出した顔つきは、目をそむけたくなるほど醜悪だった。そのほうが、ためらいを感じずにすむからありがたかった。一気にかたをつけてしまいたくなったが、その前に聞いておきたいことがあった。

「去年、俺がつくった胚におまえは何をした?」

「何もするものか。依頼されたとおり、女の腹に着床させた。あんたも知っている通り、うまく出産までこぎつけたじゃないか」

違う、と小野田は思った。無能だから、自分のミスにすら気がつかないのだ。この男が指示どおりのことをしていたならば、間違いなど起きるはずはなかった。

「胚を移植したときのことを話すんだ。俺は病院に冷凍した卵《らん》を送ったよな。それをおまえはどうした」

「いちばん状態がよさそうなものを選んで、女に移植した」

何か予定外のことがあったはずだった。

「もっと詳しく」

「詳しくと言っても……」

紐を強めに引くと前川の体ががくがくと震え出し、ロープから逃れるように顔を仰向けた。禿げ上がった広い額には粒となって汗が噴き出していた。

「発泡スチロールの箱を開けて、それから何をした」

小野田がじっと見つめていると、前川は早口でしゃべり始めた。

「箱の中には合計十二個の胚が入っていた。顕微鏡で状態を調べて、活きのよさそうなものを選んだ。それを移植した。事前に打ち合わせたとおりのことだ。本当にそれだけ……」

「待て」

小野田は遮った。

「卵は十二個、だったのか？」

「ああ、そうだ。三本の試験管に分けて保存してあったじゃないか。確か五個入りが二本と二個入りが一本だった」

小野田はあっと声を上げそうになった。

そのとき、何が起きたのか、はっきりと分かった。いたたまれない気分が湧き上がってきた。それはすぐに怒りへと変わった。

「おまえが使ったのは、二個入りのほうだな」

念のために尋ねると、前川はうなずいた。

この男は正真正銘の能無しだった。試験管のラベルを確認するという常識すら持ち合わせていないとは。当たり前のことを、当たり前のようにできない人間と、なぜ自分は組んでしまったのか。

前川の禿《は》げ上がった頭を摑《つか》んで、テーブルに打ち付けてやりたいという思いに駆られた。

この男がこんなに間抜けでなかったら……。

「小野田先生、頼む。殺さないでくれ」

顔をひん曲げて懇願する前川を冷たく見下ろした。はっきりとした殺意を感じた。ためらう気持ちは、もはやなかった。この男には、殺されるだけの理由があった。

ふいに笑いがこみ上げてきた。

いまさら、先生か……。

最後まで、調子がいいだけの男だった。

「今日のことも、誰にも言わないから……」

前川の言葉を最後まで聞かずに、小野田は両手でロープを強く引っ張った。

前川は喉元のロープを掴んで、体全体でもがいた。みるみるうちに顔が青紫色に変わっていく。舌が醜く飛び出して、がま蛙のような表情になる。

小野田はソファの上で中腰になると、渾身の力を込めてロープを引いた。前川の身体が宙に浮いた。手を泳ぐように動かしたかと思うと、全身がぴんと伸び、小刻みな痙攣《けいれん》を繰り返した。やがて痙攣は止まり、ロープにずしりとした重みが加わった。

それでも小野田は手を緩めなかった。歯を食いしばり、幾度もロープを引き、前川の首を締め上げた。

頭の中は空っぽだった。ロープを引き続けることしか、考えられなかった。もはや相手が微動だにしないことに気づいて、小野田はようやくロープから手を離した。生命を失った物体が、ソファから半ば転がり落ちた。

小野田は荒い息を吐きながら目を閉じた。額を伝って落ちる汗が、目尻から目の中に入り込んでくる。心臓は恐ろしいほどの速さで打っていた。血圧も一気に上昇したようで頬が熱かった。

ふいに甘酸っぱいようなアンモニア臭が立ち上ってきて、小野田は目を開けた。醜くゆがんだ前川の横顔が視界に飛び込んできた。体はソファから半ば転がり落ちかけており、失禁したことが見て取れた。

その瞬間、小野田はかすれた悲鳴を上げていた。

また人を殺してしまった。

そのことが、まざまざと実感されて、小野田は何度も生唾《なまつば》を飲み込んだ。体が震えだしてきた。あの男を誤って殺してしまったときとは、比べものにならないほどの強烈な吐き気が襲ってきた。

目がくらみそうになるほどの激しい頭痛に耐えながら、小野田はもう一度、前川を見下ろした。

しようがなかったのだと、何度も自分に言い聞かせる。

この男が生きている限り、警察は自分にたどり着く。不当に罪をかぶせられる。そんなことを黙って受け入れるわけにはいかない。だから、こうするほかなかったのだ。

小野田はくじけそうになる気力を必死で奮い立たせた。

ここまでやったからには、最後まで完璧に計画を実行しなければならない。そうしなければ、こんな思いをしたことが、無駄になってしまう。

小野田は深呼吸をした。次第に頭がすっきりとしてきた。

そのとき、前川の机の上にある電話が鳴り始めた。全身が凍りついたが、放っておけばいいのだと、すぐに気づいた。

五回目のベルが鳴った後、留守番電話が作動しはじめた。「メッセージをどうぞ」と電子音が告げる。

小野田は違和感を覚えた。小野田が電話をかけたときは、休診を告げるメッセージが流れた。となると、これはクリニックではなく前川個人の電話ということだった。

「あの……」

聞こえてきたのは女の声だった。街のざわめきも、生々しく伝わってくる。

女は一瞬口ごもったが、早口で話し始めた。

「深沢と申します。一年ほど前、セントメリーズ病院で行われた不妊治療について話を聞かせてください。近くまで来ているので今からそちらにうかがいます。絶対に今日中にお目にかかりたいので、不在なら近くで待たせていただきます」

電話はそこで切れた。留守番電話にメッセージが録音されたことを示す赤いランプが、間の抜けた間隔で点滅を始めた。

全身の血から熱が奪われていくような感覚が小野田を襲った。

セントメリーズ病院と女は言った。彼女が話を聞きたいというのは、自分と前川が携わった例の治療のことだ。

小野田は、壁に体をもたせかけた。目を閉じて気持ちを落ち着けようとしたが、うまくいかなかった。

この女は何者なのか。なぜ、このタイミングで前川に電話をかけてきたのか。

四方を囲む壁が、自分に向かって近づいてくるような気がして、脇の下に汗が噴き出した。

ただ、一つだけはっきりとしていることがある。彼女はもうすぐここにやってくる。あと数分でチャイムを鳴らすかもしれない。今、建物から出るところを見咎《みとが》められたりしたらお終《しま》いだ。

時計を見ると、すでに五分が経過していた。

落ち着け、落ち着くんだ。

小野田は頭を抱えた。ふと前川の顔が目に入った。動かない口元が、小野田を嘲笑《あざわら》うかのように歪んでいた。

そのとき、脳裏に一つの方法がひらめいた。自分は運に見放されたわけではないと思った。マスクまで持っているではないか。

賭《かけ》かもしれない。だが、建物から出て行くところを見咎められる危険を冒すよりは、ましなように思えた。それに、深沢と名乗る女が何者であるのかを、どうしても確かめておきたかった。彼女がもし、前川と自分、そしてあの男の関係を知っているとすると、これまでやってきたことは、全く意味がなくなってしまう。

小野田は深く息を吸い込むと、女を招き入れるのに適当な部屋を探すために、院長室を出た。

早稲田駅を出ると、深沢岬はもう一度、前川に電話をかけてみた。やはり留守番電話になっていた。それでも行ってみるつもりだった。前川が居留守を使う理由など思いつかなかった。

平木はセントメリーズ病院の職員録を入手してくれた。去年の春に発行されたその冊子には、産婦人科に在籍する九人の医師の名前と住所が載っていた。そのうち、正岡を含む六人は今も病院に勤めていた。そのうち四人が男性だった。正岡や青井に見つからないように苦労しながら、病院でなんとか彼らの顔を確認したが、どの医師も記憶になかった。

残る三人のうち、二人にも自宅に出向いて会った。二人とも記憶の片隅にぼんやりと残っている医者とは、一致しなかった。一応、話を聞きたいと思ったのだが、どちらも相手にしてくれなかった。

　これから訪ねる前川が、最後の一人だった。もし、彼も違っていたら、問題の医者はセントメリーズ病院に所属している医師ではなかった、ということになる。非常勤とかアルバイトとか、通常とは違う形で勤務していたのだろうか。そうなると、見つけ出すのはさらに難しそうだ。

　だが、とにかく前川に会ってみることだった。

　ホテルで会った日以来、佐藤から電話はなかった。携帯電話を何度か鳴らしてみたが、電源が入っていないとメッセージが繰り返されるばかりだった。

　彼はもともと連絡などしてくる気がなかったのかもしれない。こっちがあきらめて出生届を出すのを、じっと待っている。焦りを覚えずにはいられなかった。彼が決めた期限の二十二日までに、ミチルの親を見つけ出すことなどできるのだろうか。できなかったときのことを考えると、絶望的な気分になった。

　あらかじめ地図で確認をしておいた場所には、クリーム色の三階建てが建っていた。窓に白地にピンクの看板が出ている。前川レディースクリニック。前川は、セントメリーズ病院を退職した後、開業していたのだ。

クリニックの正面玄関には、休診という札がかかっていた。ガラス戸を引いてみたが、鍵が閉まっていた。

建物の裏手に回り込むと、裏口らしいドアがあり、その脇にチャイムがあった。迷わずそれを押すと、しばらくして、男がインターフォンに出た。

労を惜しまず、出向いてきたのは正解だったと思った。岬は、汗ばんでいる手のひらをジーンズの尻で拭いた。

「深沢といいます。前川先生はいらっしゃいますか」

「ああ、留守番電話の……」

くぐもった声が、戸惑うように言った。

ここで会ってもらえなければ、彼が出てくるまで待たなければならない。岬はできるだけ感じのいい声を出すように意識しながら、改めて取材に協力してくれるように頼んだ。

「しようがないな。手短に頼みますよ」

前川はそう言うと、表玄関に回るようにと言った。

前川を見た瞬間、岬の気持ちは沈んでいった。前川はマスクをつけており、顔の下半分は隠れていた。それでも、記憶の中にある医師とは、別人に見えた。前川は白衣を着ていたけれど、体形はある程度分かった。一年前の担当医は、同じように小太りではあるけれど、もっところっとした体形をしており、弾むゴムまりのような雰囲気があった。今、目の前にいる男は、陰気な感じがした。マスクの上から岬を見つめる目は落ち窪んでおり、皮膚の色も悪かった。

これで全滅か。

それでも前川と話をしない手はなかった。彼が昨年セントメリーズ病院に在籍していたことは間違いなかった。同じ病院の同じ科で行われていたことを、知っている可能性もあった。

これまで会った医者は、まともに話を聞いてくれようともしなかった。前川が話をしようという気になってくれただけでも、ありがたいと思うべきだった。

建物の中に入ると、前川は「診察室」というプレートがかけてあるドアを押し、岬を中に招じ入れた。

部屋に一歩入るなり、岬は落ち着かない気分になった。壁、診察台、スツールのクッション。目に入るものの大半が、淡いピンク色をしていた。女はピンクが好きなものだという押し付けがましさが鼻についた。

前川はデスクの前に腰掛け、椅子を回して岬を正面から見た。彼がこの部屋の主だと考えると、落ち着かない気分はいっそう強くなった。患者の好みに合わせたほうがいいという考え自体はそう悪くないと思うけれど、彼自身は毎日この部屋で仕事をすることに抵抗を覚えないのだろうか。

前川は口元のマスクに手をやった。ずんぐりした指の先に丸っこい形をした爪が、ちょこんと載っていた。男のわりに、可愛らしい爪だった。

「このままで失礼しますよ。喉を痛めておりましてね。で、あなたは何を知りたいんですか」

岬は背筋を伸ばした。前川はすでにセントメリーズ病院を退職しており、しがらみも少ないはずだ。

「私は去年、セントメリーズ病院で卵子を採取されました」

前川は表情を変えずに、落ち窪んだ目で岬をじっと見た。

「そのときの担当医を探しています」

「それが私だと？　あなたを診た記憶はないようですが」

「それでは、あの病院に先生がいらっしゃった当時、他人の卵子を採取して人工授精に使うといった治療をしていた医師は、周りにいませんでしたか」

「ええとそれは……。医師が治療を受ける患者ではない誰かの卵子を採取していた、ということでしょうか」

「はい」

前川は濃い眉をぐっと寄せた。椅子の背にもたれかかり、考え込むように白衣の襟元を書き合わせるようなしぐさをした。

「そんな話は、聞いたことがないな。だけど、一年前のことでしょう。なんで今になって、その先生を探しているのですか」

ミチルのことを打ち明けるわけにはいかなかった。

どうやって話を進めればいいのか考えながら、周囲を漫然と見回した。そのとき、前川のデスクの脇のホワイトボードに貼ってある新聞のスクラップが目に入った。離れていても見出しは読み取れた。

『五十代女性　ボランティアの卵子で出産　西早稲田の医院で』

岬は思わず立ち上がっていた。

「そのスクラップ！」

前川が、慌てたように視線を宙にさまよわせた。

「そこに貼ってあるやつです」と指を指す。「このクリニックの記事でしょう。先生、他人の卵子を使った人工授精をやっているんじゃありませんか。去年、セントメリーズ病院でも同じことを」

「いや……」

前川はスクラップに視線を当てた。彼の目には、困惑するような色が浮かび、明らかに落ち着きをなくしていた。

何か知っていると思った。だが、前川は去年、自分を診察した医師ではなかった。そのことには自信があった。

「思い当たることがあるなら、教えてください」

低い声で言うと、まっすぐに前川を見た。

「私が探しているのは、私を担当した医者です。第三者の卵子を使った不妊治療がいけないだとか、そういうことを騒ぎ立てるつもりはないんです。迷惑をかけるようなことはしませんから」

指先で額の汗をぬぐうと、前川は気を取り直すように、咳払いをした。岬は、彼が口を開くのをじっと待った。

「気になることがないわけでもないですね。ただ、今すぐに話せることではないから……。どうでしょう、確かめたうえで私から連絡をするということで」

セントメリーズ病院で第三者の卵子を使った人工授精が行われていたとしたら、ミチルが生まれた理由は説明できた。担当医にたどり着くこともそう難しくはないように思えた。ここまで話した以上、前川が自分から逃げ回ることはできない。

ようやく道筋が見えてきた。

肩の荷を降ろしたような気分になりかけたが、あわてて気持ちを引き締めた。とっかかりを摑んだのに過ぎなかった。だが、かなり有力な手がかりになるという手ごたえは感じていた。

前川は壁にかかっている時計に目をやった。八時を少し回ったところだった。

「明日にでも電話をかけてみましょう。どこに連絡すればいいですか？」

岬はバッグから名刺を取り出した。前川はそれをデスクに置くように目で促した。

ずいぶんと横柄な態度だと思ったが、前川が見やすい位置に名刺を置いた。

「ほう、フリーライター……」

「この件はあくまで私が個人的に調べていることなので、先生にご迷惑をかけるようなことはありません」

「基本的にここに連絡すればいいんですね？」

「出歩いていることが多いので、携帯にお願いします」

「分かりました。それじゃ、連絡しますよ」

前川はそう言うと、立ち上がって診察室のドアを開けた。


一人になると、小野田真はマスクを剥《は》ぎ取った。新鮮な空気が肺を満たしたが、胸が押しつぶされるような息苦しさは、少しも解消されなかった。

深沢岬。

今会ったばかりの女の顔を思い出すと、動悸が激しくなってくる。

彼女は、卵子提供者だった。自分と前川、そしてあの男のほかに、もう一人関係者がいたことに、これまで思い当たらなかったことが不思議だった。

まさか、そんな女が突然、現れるとは思っていなかった。金を積んだら卵子を提供してくれる女が見つかったからなんの問題もないと、あの男は言っていた。

なぜ今になって、去年のことを調べまわっているのだろうか。

深沢岬に会っておいてよかった、と小野田は思った。思わぬ方向から、足元をすくわれるところだった。

だが、本当にこれでよかったのだろうか。危険すぎる賭ではなかったか。

フリーライター、という彼女の職業が気になった。いろいろと嗅ぎまわられたら、都合が悪い。それでも、時間を戻すことができない以上、計画どおりにことを進めるしかなかった。

小野田はそう結論づけると、ポケットに入れておいた手袋を再びはめた。深沢岬が置いていった名刺を摘み上げ、前川の遺体が待つ二階の書斎へと向かった。

6

新宿東口の靖国通り沿いにある居酒屋で、深沢岬は三杯目の中ジョッキを空にした。

価格の安さを売り物にしている全国チェーンの店だった。調べ物をしてくれたお礼にご馳走したいと言ったら、平木佐和子がこの店を指定した。

「ビールと食べ物を追加しよう。遠慮なんかしないからね」平木はほがらかに言うと、手を上げて店員を呼んだ。「このから揚げ、おいしいね」と言いながら、竹の笊《ざる》を模したプラスチックの皿から肉片を摘み上げる。

「ろくな油、使ってないよ。海外で粉をつけるまでやって、冷凍して輸入しているんだから」

「へえ、そうなんだ。でも、かりっとしていておいしいじゃない」

平木は指をきちんとそろえて、派手なピンク色をした梅サワーのグラスを口に運んだ。

隣の席にいる四人組のサラリーマンが、ブタのような声で笑った。ネクタイなどとっくの昔に外してしまい、下着が透けて見えるワイシャツの胸元をはだけている姿は、七〇年代のテレビドラマの中の日本を思い起こさせた。

岬は、三杯目のビールのジョッキに口をつけた。味が薄くてぼんやりとしている。絶対に発泡酒だと思った。

「さっきの話の続きだけどさ、その子が全くひどいの。電話を回すとき、保留にしないで受話器を渡そうとするのよ。どういう学生生活を送ってきたんだか」

平木はさっきから、自分が面倒を見ている新入社員の話を熱心にしていた。岬にとってはどうでもいい話だった。彼女は矢継ぎ早に彼の非常識ぶりを並べ立てていたけれど、誰だって入社したばかりのときから、完璧な作法を身につけているわけではない。

「放っておけばいいんじゃないの。そのうち自覚するって」

「そうかな。周りが見えていないっていうか、自分の立場を客観視できないんだよ。そういう人っているでしょう」

この前、セントメリーズ病院のうらなりに同じようなことを言われたことを思い出して、嫌な気分になった。あの男はクォリティペーパーなら協力するが、どこの馬の骨とも分からないフリーの人間に割く時間はないと言っていた。自分の立場をわきまえていなかったのだろうか。

そんなことはないと思う。

立場をわきまえていないのは、自分ではなく、あのうらなり野郎だ。

岬は揚げ出し豆腐の皿を引き寄せた。油がべたべたとしている衣は、口に入れると歯の裏側にへばりついてきた。

サワーを二杯飲んだだけなのに、平木の瞼《まぶた》は薄赤く染まっていた。

そろそろ話を切り出す頃合いだ。

正直に言って、あまりいい気分ではなかった。ひどいことをするのだという自覚はあった。でも、ほかに手がないのだからしようがない。

岬はビールもどきをちびちびと飲みながら、平木を憎もうとした。

材料ならいくらでもある。今日だってそうだ。平木はこの店に来てみたいと言った。言われたほうが傷つくなんて、考えもしなかっただろう。その鈍さが罪だと思った。たまには痛い思いをすればいい。そうすれば、独りよがりの善意が、凶器になることもあると思い知るだろう。そう、この女は泣かせてやるぐらいでちょうどいい。

「そう言えば深沢さんが探していた医者は見つかったの？」

背後の壁にもたれかかりながら平木が尋ねた。

向こうからこの話題を振ってくれるとは、好都合だった。岬は掘りごたつ式のテーブルの下で、足を組み替えた。

「全員違ったみたい」

「そうなんだ。じゃあどうするの？」

「もう少し調べてみるつもり。だけど、正直言って手詰まりなんだ。もう少し協力してもらえない？」

「私にできることなら。深沢さんの力になるよ」

岬は平木の顔を正面から見た。

よくもまあ、これだけまっすぐに生きてきたものだ。自分が運のいい女だということすら、自覚していない。やっぱり一度、泣いてもらったほうがいい。

岬の決意は固まった。

「あの病院、やたらと景気がいいみたいだね。世話した政治家とか芸能人とかから、寄付をもらいまくってるとか」

「ま、いろいろあるんじゃない。あれだけの規模なんだから」

「叩けば埃が出そうだね」

「何も出ない病院なんていまどきないよ。人間相手の商売なんだから」

岬はジョッキを置いた。

「じゃあ、あそこの埃を一つ教えて」

平木は何を言われているのか分からないように、首を傾《かし》げた。梅サワーをゆっくりと一口飲む。

岬はじっと彼女を見た。

平木は岬の顔に視線を当てたまま、グラスをテーブルに置いた。

「どうしてそんなこと知りたいの？」

「交渉の材料にする」

まともなやり方で情報を引き出せなければ、取引をするための材料を探すしかなかった。相手が嫌がる情報を手に入れて公表すると脅せば、出てくるものは出てくる。組織でも個人でも、考えることは一緒だ。

　平木が視線を落とした。

「悪いけど私、そういうのは……」

　そう言うと思っていた。そこが彼女の弱点だということは、昔から気づいていた。素直で仕事熱心でセンスも悪くないのに、変化球しか投げられない。大きなネタを取ることができない。悪者になる覚悟がないのだから、当たり前だ。でも、覚悟の仕方なんて、追い詰められたら誰にでも身につく。

　岬はバッグから用意してきた封筒を取り出して、平木に渡した。

「開けてみて」

　封筒の中身を取り出した瞬間に、平木の顔が赤くなった。そしてすぐに、白くなった。

「協力してくれるわよね」

　猫撫で声で岬は言った。

　十分な衝撃だったはずだ。断れるはずなんかない。

　平木が手にしているのは、一枚の写真だった。前回、平木を呼び出す前の晩、平木のマンションの前で隠し撮りをしたものだ。

安物のデジタルカメラで撮影したにもかかわらず、画像は鮮明だった。写っているのは平木と彼女の肩に手を回している中年男。平木の上司だ。

まだ会社に勤めていたとき、岬は平木から、彼との関係について相談を受けた。そのときには、鬱陶《うっとう》しいとしか思わなかったのだが、それが今になって役に立った。

岬は平木の手から、写真をひょいと取り上げた。平木があわてたように、手を伸ばした。

「か、返して！」

目に涙がたまっている。いい気味だった。このくらいのことでうろたえるなんて、所詮その程度の人間なのだ。

「教えてくれるならね」

平木はテーブルの端をつかむと、まるで宇宙人でも見るような目つきで、岬を見た。

「どうしてこんなことを……」

岬は写真を封筒に戻すと、すっかりぬるくなったビールを飲んだ。

「目的があったら、嫌なことでもやるよ。それが仕事ってもんじゃないの」

この台詞を彼女にぶつけたかったのだと思った。

平木は涙を目の端にためながら、歯を食いしばるようにした。

「深沢さん、昔はそんな人じゃなかった」

「どういう意味？」

　まだそんな能天気なことを言うのでは、処置なしだ。こんな温室育ちは、ビニールハウスの壁に穴があき、冷たい空気にさらされ、枯れてしまうまで、自分の価値観の中に閉じこもっていればいい。

「深沢さん、あの原島とかいう男を脅してなんかいなかった。自分で地道に夜回りをしてニュースを取ってきていたでしょう」

　不覚にも息が詰まった。なんでこんな時に、あのことを持ち出すのだ。これまで以上に、平木に対する憎しみが湧いてきた。怒りで目がくらみそうだ。

「そんなこと、どうでもいいでしょう。それより、教えないならこの写真、部長のところに送るよ」

　遠くでレジスターが鳴った。酔いの混じった客のだみ声。二人を取り巻く音が、一気に大きくなったような気がした。

　平木はみじろぎもせずに宙をにらんでいた。彼女のいる空間だけ、透明なバリアが張り巡らされているようだった。

　どれぐらいの時間がたっただろう。平木は肩を落とすと、小さく息を吐き出した。

「あそこ、混合診療をやってる。シミの治療とかアンチエイジング関係の治療は保険が利かないから薬も全部自己負担にしなければならないのに、適当な病名をつけて薬だけ保険扱いにしている。ほかでも聞く話だから、記事にはしなかったんだけど」

それで十分だった。大手の新聞が正面から取り上げるような話ではないけれど、週刊誌なら政治家や有名人が通う病院が不正をしていると面白おかしく書き立てられる。それに今回の場合、記事を書く必要もなかった。

「ここはちょっとうるさいから、場所を変えて話を聞こうか」

岬は、写真を鞄の中にしまうと、伝票を摑んだ。

7

朝の電話は、よくないことが起きたときに鳴る。この日もそうだった。喜多野浩二《きたのこうじ》はアイスティーでトーストを飲み下すと、受話器を上げた。予想していたとおり、聞こえてきたのは課長の声だった。西早稲田で産婦人科医が不審死をしており、殺人事件の可能性が高いという。

「すぐに現場に行ってくれ。林も向かわせている」

現場の住所と被害者の簡単な情報を手帳に控えると、喜多野は「分かりました」と言って電話を切った。

軽い興奮を覚えていた。久しぶりに大きな事件になるかもしれないという期待があった。喜多野が所属する早稲田署は新設されて間もなかった。所轄の地域は山手線の内側とはいえ、学生が多く、比較的のんびりとした土地柄で、凶悪犯の多い池袋から移ってきた喜多野には、正直言って物足りなかった。自ら希望した異動だったし、犯罪が少ないことに文句を言うわけにもいかないが、つくづく自分には向かない職場だと思っていた。

アイスティーをもう一口飲んでから家を出ようと思ってダイニングテーブルに戻ると、暗い顔つきをした加奈が喜多野の上着を持っていた。膨れ上がった腹が、嫌でも目についた。

「すぐに出ないといけないんでしょう」

加奈は喜多野の顔を見ずに上着をよこした。

「ごめんな。タクシーを使えよ」

加奈はそばかすが浮いた白い顔をこくりと縦に動かした。

今朝は、出勤する前に定期検診のために病院へ行く加奈を送ってやることになっていた。約束を守れなかったことに軽い罪悪感を覚えた。それでも、久しぶりに味わう緊張が、喜多野の心を弾ませた。

「なんだか嬉しそうね。私のために早稲田に移ったこと、後悔してたんでしょう」

出かけ際に加奈が言ったが、聞こえなかったふりをして、家を走り出た。

諏訪通り沿いの前川レディースクリニックに到着すると、青い作業服を着た鑑識のスタッフが、建物の入り口に立ち入り禁止の黄色いテープを張っている最中だった。彼らに目で合図をすると、喜多野は中に入っていった。

被害者は二階にある院長室で、ソファからずり落ちるような格好で横たわっていた。鑑識のベテラン、水田が遺体の上にかがみこんでいた。

遺体の前にあるテーブルには、ペットボトルのお茶が二本、出しっぱなしになっていた。被害者はここで客人を迎え、そして殺されたものだと推察された。ソファの周辺をのぞけば、室内に目立った乱れもなかった。通り魔的な犯行ではないことは明らかだ。やりがいのある仕事にありつけたことで、喜多野の心は弾んできた。

水田は顔を上げると、喜多野を見上げた。

「カミさんは大丈夫なのか?」

喜多野は苦笑いを浮かべながらうなずいた。先週、昼食をとりながらかつての同僚にこぼした愚痴が、水田のところにまで伝わっているとは思わなかった。

妊娠するまでの加奈は気丈な女で、家に何日も帰らなくても文句一つ言わなかった。ところが、妊娠してから彼女の様子は一変した。四十五歳での初産となるため、医師から事細かな注意を受けた。無事に出産にこぎつけるには、夫の協力が欠かせないとも言われたらしい。完全に納得したわけではなかったが、日ごとに気持ちが不安定になる加奈を放っておくこともできなかったから、異動を願い出たのだった。

「そんなことより、どんな具合ですか」

手袋をはめて水田の脇にしゃがむと、奇妙に歪んだ被害者の口元が視界に飛び込んできた。首筋にくっきりとした跡がついていた。

「絞殺だな。凶器は紐《ひも》かロープだが、見当たらない」

前川正史、四十五歳。前川レディースクリニック院長。手帳に書き付けたメモをもう一度確かめると、部屋の中をざっと見回した。壁際のデスクにある電話の赤いランプが点滅しているのが気になった。水田に断ると、メッセージを再生するボタンを押した。

「深沢と申します。一年ほど前、セントメリーズ病院で行われた不妊治療について話を聞かせてください。近くまで来ているので、今からそちらにうかがいます。絶対に今日中にお目にかかりたいので、不在なら近くで待たせていただきます」

女にしては低い声だった。

同じようなメッセージが三件入っていた。最後のメッセージが録音されたのは、七時三分だと電話機の人工音声が告げた。

「解剖をしてみないと正確なことは言えないが、死亡推定時刻はその一、二時間前後といったところだと思う」

そのとき、部屋の入り口に林が姿を現した。起きてすぐに駆けつけてきたらしく、髪に見事な寝癖がついている。ネクタイもかろうじて首にぶら下がっているというありさまだった。

「喜多野さん、一階の診察室で通報者が待っています」

「分かった。すぐ行く」

深沢、とメモをすると、喜多野は林を追いかけた。

診察室に入ると、喜多野は尻のあたりが痒《かゆ》くなった。あたり一面が淡い桃色だったのだ。壁や床はもちろん、診察台、スツール、棚に至るまでが桃色一色で統一されていた。

加奈が世話になっている駅前のクリニックを思い出した。待合室にクマやネコがプリントされたクッションが置いてあるが、診察室自体は普通の病院と変わりがなかった。加奈を見てくれている女医は、眉間《みけん》に深い皺《しわ》が刻まれた融通が利かなさそうな女だが、少なくともこのクリニックの院長、つまり被害者よりは気が合いそうだと思った。

通報者の看護師は二十代前半の若い女だった。額の真ん中で髪を分け、後ろでひっつめにしている。化粧けがほとんどない顔は、病人のように青白かった。遺体を発見した時刻、状況などを型どおりに聞くと、連絡先を聞いて返した。他の職員は、出勤していなかったので、この場ではほかに事情を聞くべき相手はいなかった。

あとは鑑識に任せていったん署に戻り、現場周辺の聞き込みなどの指示を受けることになっていた。喜多野は部屋を出る前に、何か手がかりになりそうなものはないかと室内を見回したが、目につくものはなかった。水田にひと声かけてから出ようと思って二階に上がった。

「おっ、喜多野か」

水田は現場写真を撮影する手を止めると、テーブルの上を顎で指し示した。

「仏さんを動かすときに、ポケットから面白いものが落ちたぞ。ちょっと見てみろ」

テーブルにはビニール袋に入った名刺が載っていた。フリーライター、深沢岬。留守番電話にメッセージを何度も残していた女だった。

「最後のメッセージが七時過ぎに録音されていただろう。詳しく調べてからでないと断定はできないが、死亡推定時刻は六時から八時ぐらいというところだな」

喜多野の背後で林が口笛を吹いた。

「早速、容疑者浮上ですか。この分ならすぐに片づくかもしれませんね。俺、週末、デートなんですよ」

喜多野は苦笑した。

「喜多野、おまえさんも、よかったじゃないか」

水田が、まじめな顔つきで言った。

「いや、俺は……」

喜多野は熱くなった頰を隠すように水田から顔を背けると、名刺に書かれてあった住所と電話番号を書き写した。


セントメリーズ病院の建物を見上げると、喜多野浩二はため息をついた。数えてみると十階建てだった。豪華さを売り物にしている病院だということは知っていたが、これほど立派な病院だとは思っていなかった。

銀のスプーンを咥《くわ》えて生まれてくる赤ん坊というものがこの世に本当にいるということを思い知らされた気分だった。

「すごい病院ですね。でもなんかいんちきをやっていそうで俺は嫌だな」

「わけの分からないことを言うな。さあ、行くぞ」

喜多野は林を促して病院の建物に足を踏み入れた。

深沢岬から事情を聴くこと。それが喜多野と林に与えられた指示だった。早速、名刺に記載されていた中野区のマンションに行ってみたが不在だった。マンションの前を張る同僚が到着するとすぐに、彼女が留守番電話に残していたメッセージで触れていた病院にやってきた。

喜多野には深沢岬が犯人だという確信はなかった。

たとえロープを使っても、女が成人男性を絞殺するのは簡単ではない。正面玄関ではなく裏口の鍵が開いていたことにも、引っかかりを覚えていた。人目につきやすい正面玄関ではなく裏口を選んで逃走するほど冷静だったなら、被害者に渡した名刺を回収したり、留守番電話のメッセージを消すぐらいのことは思いつくのではないかと思った。

だが、深沢岬の自宅に行ってみて、疑いを持たざるを得なかった。

郵便受けにはチラシのほか、何通ものダイレクトメールが溜まっていた。隣に住む男によると、彼女は二日ほど前から帰宅していないようだという。

取材であちこちを飛び回るフリーライターなのだから、帰宅しないこともあるだろうが、事件の発生と呼応するように姿を消したというのが気になった。

院長室は建物の最上階にあった。ノックをすると、髪が長くてすらりとした女性がドアを開けてくれた。グレープフルーツのような爽《さわ》やかな香りがした。二人の先にたって奥の部屋へと歩く彼女の背中を林がうっとりとした目で眺めていた。

院長室は二十畳ほどの日当たりがいい部屋だった。中心には十人は座れそうな革張りの応接セットが置かれていた。壁には複雑な彫刻を施した額縁に入った抽象画がかかり、窓際には作り物か本物か見分けがつかない熱帯樹の大きな鉢が鎮座していた。白衣を着た痩せ型の男が、奥にあるデスクで書類を見ていた。喜多野たちが入ってきたことに気づいていないわけがないのに、顔をあげる様子はなく、金縁の眼鏡の位置を神経質そうに直している。

「院長、早稲田署の喜多野さんがお見えになりました」

凛《りん》とした声で秘書が言った。ひと呼吸を置いてから、荒木がゆったりとした動作で顔を上げた。喜多野は首だけ前に突き出して会釈をすると、案内を待たずにソファに腰かけた。

そのとき、色白で下膨れの顔をした小柄な男が、せかせかとした足取りで部屋に入ってきた。男は荒木に向かって腰を九〇度に折ってお辞儀をすると、次に喜多野たちのほうに歩み寄り、名刺を差し出し、企画部門にいる青井だと自己紹介した。林が話を聞くのは院長一人でいいと言ったが、青井が真っ青な顔をして同席させてくれと懇願するので、喜多野は許すことにした。

すると、荒木がようやくデスクを離れ、応接セットまでやってきた。一人がけの椅子に座ると、秘書が運んできた緑茶を口に運んだ。

「警察にお世話になるようなことが、我が院で発生しているとは思えませんが」

老眼鏡の奥から、皺に埋もれそうな目が喜多野たちを値踏みするように忙しく動いていた。

「西早稲田で産婦人科クリニックを経営している前川正史医師が殺されました。去年までこちらの産婦人科に在籍していた医師ですが」

荒木は目を細めるようにすると、白衣のボタンをはずし、ソファの背もたれに体を預けた。

「前川、ね。記憶にあるような、ないような。なにせ我が院は、産婦人科だけでも十人ほどの常勤がおりますからな。それで私に何を？」

「前川医師が何かトラブルに巻き込まれていた、というようなことはなかったでしょうか」

「それはありませんな。我が院は、患者様と極めて良好な関係を築いておりますから。トラブルゼロが自慢なんですよ」

林が首をひねった。

「トラブルゼロ、ですか。病院も人間対人間の商売でしょう。医者と患者っていうのはホステスと客みたいに相性ってものがあるでしょうから、トラブルが全くないなんてことは考えられないなあ。握りつぶせば別かもしれませんが」

頭を抱えたくなった。林の言うことは正論だったが、時と場合を考えろ、と言いたくなった。案の定、荒木の顔色が変わった。

「あんた失敬だぞ。我が院は、政治家の先生方や著名人の方々から信頼をいただいている。それを裏切るようなことがあってはいけないから、私が全院に目を光らせておるわけだ。もし、前川という医者が、何かトラブルに巻き込まれたというなら、それは独立してからのことに決まっている。殺人事件が当院と関係があると勘ぐられるなんて、実に不愉快だ」

喜多野はしかたなく頭を下げた。

「我々も仕事なんで。ところで院長、深沢岬という女性に心当たりはありませんか?」

「深沢? さあ、知らんね。私が言えることは、この病院にいたとき、前川なる医師がトラブルを起こしたことはない、ということだけだ」

そのときノックの音が聞こえ、先ほどの秘書が部屋に入ってきた。彼女は長い髪を揺らしながら院長の背後に回りこむと、一枚のメモを手渡した。それに目を通す間に、荒木の眉がみるみる吊り上がっていった。

喜多野は身を乗り出したが、メモの内容を読み取ることはできなかった。

荒木は青井にメモを渡すと、立ち上がった。

「急用ができたので、引き取っていただこう。患者様を診る貴重な時間を無駄にするわけにはいかないですからな。あんたらもこんなところで油を売っていては、時間を無駄にすることになる」

「必要だと思ったら、またお邪魔しますから、そのときはよろしくお願いします」

そう言って、立ち上がろうとしたとき、斜め前に座っている青井の様子がおかしいのに気づいた。肩を怒らせ、メモを凝視していた。気にはなったが、それ以上、その場に留まることは難しいようだった。

「こちらでございます」

秘書がにこやかな笑みを浮かべながら、喜多野たちを促した。

院長室からエレベーターに向かって歩いていると、ピンクの制服を着た事務員に誘導された女とすれ違った。三十歳前後に見えた。麻のジャケットに細身のジーンズをはき、肩の下まで伸ばした茶色の髪を揺するように勢いよく歩いてくる。彼女の口元には、勝ち誇るような笑みが浮かんでいた。

世間では美人と呼ばれる部類に入るだろう。だけど、嫌な顔だと喜多野は思った。すれ違った後で振り返ると、彼女は背筋を伸ばして院長室に入っていった。

「他の科を回りますか？　不妊治療ってことは、産婦人科でしょうね」

「そうだな」

喜多野はうなずくと、エレベーターの脇に掲示してあった院内案内で産婦人科の位置を確認した。

深沢岬は革張りのソファに腰を下ろすと、脚を組んだ。

「院長、あなたが認めようが認めまいが、記事になるんですよ。反論を聞かないのはフェアではないと思って来ているだけなんですから」

院長の荒木は、威厳を保とうとして、そっくり返りぎみにソファに座っているが、肘掛けを摑んでいる指先が力を入れすぎて真っ白になっていた。

やたらと渋いお茶で喉を潤すと、岬は芝居がかった表情で、院長の荒木をにらんだ。荒木の横では、先日、取材申請書を出せと言って岬を門前払いしたうらなりが、肩をすぼめるようにしてかしこまっていた。

取材申請書なんて出さなくても、取材なんてできるのだ。うらなりには、いい勉強になっただろう。

それにしても、平木佐和子の取材力はたいしたものだった。やたらと相手に共感を示すから、つい気を許して、きわどい話もしてしまうのかもしれなかった。

「シミ治療の患者に出しているビタミン剤。これは本来、保険を使っちゃいけないものですよね。シミ治療は自由診療なんだから、薬も全額自己負担にするのが当然でしょう。厚生労働省もそう言っています」

荒木の喉仏がごくりと動いた。

「役所のほうには……」

「今のところ確認のために電話をしただけですが、このあと担当課長にコメントをもらいに行きます」

全くのでまかせだったが、効果はてきめんだった。荒木がしきりに汗をぬぐい始めた。もう一撃加えれば、完全に打ちのめすことができる。

「我々国民は、お互い助け合いましょうってことで保険料を納めているわけです。その貴重なお金を美容が目的の客に安く薬を出すために使うなんて。客は喜ぶでしょうけど、それって一種の泥棒ではないですか。この点について、院長はどうお考えなんですか」

「いや……。なにぶん、今聞いたばかりの話なので、事情がよく分からないのですが」

「そんなわけないでしょう！　あなたが皮膚科部長だったときに、混合診療で患者サービスを向上するように指示を出したと聞いています」

「それは誤解だ」

荒木の声は弱々しかった。

「だったら、説明をお願いできますか。そろそろ私、出なければならないんですよね。この病院を贔屓《ひいき》にしている患者にも、話を聞きに行くことになっているので」

荒木はくしゃみを我慢しているサルのような表情を浮かべていた。なんて情けない顔。最高に笑わせてくれる。

荒木がふいに両手を膝に置き、勢いよく頭を下げた。

「深沢先生、なんとか記事にするのはご勘弁願えませんか」

青井も弾かれたように、隣で頭を下げた。二人は頭を長く下げていれば、それで問題が解決すると思っているかのように、いつまでたっても顔を上げない。ここまで鮮やかに作戦が当たるとは思わなかった。先生とは……。

そろそろ潮時だった。岬は脚をそろえると、うなだれてみせた。

「そう頭を下げられると……。実は私もね、こんなスキャンダルめいた取材はあまり好きではないんです。もっとテーマ性がある記事を書きたいと常づね思っているんですが」

「それはそうでしょうとも！　我が院がご協力できることがあれば、何でもさせていただきます。患者さんへの啓蒙活動は、深沢さんのようなジャーナリストの先生にお願いしないと」

揉《も》み手をせんばかりの勢いで、荒木が身を乗り出した。皺に埋もれそうな目が、食い入るように岬を見ている。

「院長がおっしゃるとおりです。患者さんへのインタビューでもなんでも手配させていただきます。そういえば産婦人科の取材に興味を持っていらっしゃいましたよね」

荒木が青井をにらみつけた。

「どうしてさっさと手配をせんのだ。深沢先生のような方には積極的に協力するのが我が院の方針じゃないか」

青井は何度も何度も頭を下げた。目には涙さえ浮かんでいた。

「青井さんに手伝ってもらえるなら心強いですね。実は別の雑誌の企画で、不妊治療について取材をしています。この病院で去年の三月一日に排卵誘発剤を打った患者さんについて教えてもらえますか」

その日は岬が卵子を採取するための前提となる排卵誘発剤を初めて打った日だった。年度末の日だったという記憶が残っていた。

カルテが存在しない原因は二つ考えられた。一つは、カルテの名前が別人に書き換えられるなど、自分が特定できない形になっていること。また、カルテそのものが存在しないことも考えられた。それでも、なんらかの記録は残っているように思えた。使用した薬品、担当した医師などの記録がすべてなくなるわけがない。

「ですが深沢先生、なぜその日なのですか？」

青井が警戒するように尋ねたが、即座に荒木が遮った。

「そんなことはどうでもいいじゃないか。青井くん、すぐに手配しなさい」

青井は岬と荒木を交互に見た。下膨れの頬が、床に落ちてしまうのではないかと思うほど、下がっている。彼の心の中で、葛藤が起きていることが手に取るように分かった。こんな荒っぽい手を使って調べようとしている問題が何なのかと心配しているのに違いない。

「何をやっておるんだ、青井くんっ！　私の指示が聞こえなかったのか」

荒木が一喝すると、青井は心を決めたように、短く返事をした。今、目の前にある危機を回避することのほうが得策だと考えたようだった。青井は岬に向かって一礼をすると、ぎくしゃくとした足取りで部屋を出て行った。

それからおよそ十五分後、岬は一枚の紙を渡された。三月一日、排卵誘発剤を打った患者は一人だけだった。

宮園春香、三十八歳。身長百五十八センチメートル、体重四十五キログラム。血液型はB。幼少の頃、喘息《ぜんそく》だった。

この患者の住所は大田区になっていた。年齢も岬より上だった。だが、それ以外は岬が去年問診票に書き込んだ内容と一致していた。

「この人の情報、もう少し詳しく分かりませんか」

青井が恐縮するように頭を下げた。

「探してみたのですが、健康保険を使っていないようで、これ以上のことは……」

「担当医は分かりませんか」

「あっ、それなら分かると思います。必要でしたら担当医のインタビューも設定いたします」

　青井が部屋の隅にあるサイドボードに駆け寄ると、内線電話をかけ始めた。荒木がハンカチでしきりに額をぬぐいながら岬に頭を下げた。

「いや、不手際で申し訳ない。先生、これはどんな記事に？　別の患者さんを紹介しましょうか？　私が電話を一本かければ喜んで協力する人が何人もいます」

「いえ、それには及びません」

　青井がソファに戻ってきた。顔に奇妙な表情が浮かんでいる。

「担当医は分かったのかね」

「はあ、それが……。当院にはすでにいない医師でして、取材は難しいかと……」

「で、どなたなんですか？」

　岬が尋ねると、青井は荒木の顔を横目で見た。荒木が苛立つように青井をねめつけた。

「さっさとせんか」

　青井はため息をつくと、投げやりな口調で言った。

「前川正史先生です」

「えっ、なんだって」

　荒木が驚いたように言った。岬も腰を浮かせた。

西早稲田のクリニックで会った医師。あのマスクをかけた陰気な男。見覚えがないと思っていたのは、勘違いだったのか。

それにしても、よくもしらばっくれてくれたものだ。自分の記憶の曖昧さにも腹が立った。

「ありがとうございました」

岬は荒木に向かって投げつけるように言うと、院長室を走り出た。

「深沢先生、混合診療の件は……。おい、青井くん！」

悲鳴にも似た青井の声が背後から追いかけてきたが、返事をする気はなかった。一刻も早く、前川に会いたかった。エレベーターの扉がタイミングよく開いた。

「深沢先生っ！」

青井の悲痛な声が聞こえたが、岬は構わずエレベーターに乗り込み、ボタンを押して扉を閉めた。

飯田橋でJRから地下鉄東西線に乗り継いでクリニックに向かった。諏訪通りを歩き、クリニックの建物が見えてきたとき、岬は何か異変があったことを知った。クリーム色の建物の前は、立ち入り禁止を示す黄色いテープが張ってあり、作業服を着た男が数人、玄関の前で這い蹲《つくば》るようにして、地面を調べている。彼らを遠巻きにするように、数人の男女が立っていた。

　頭の中で警鐘が鳴った。

　岬は歩調を緩めると、ただの通りすがりの人間を装ってクリニックに近づいた。そのとき、クリニックより二軒手前の民家から、中年の女が出てきた。ひっつめた髪にティーシャツというういでたちで、近所に買い物に出るような様子だった。女はクリニックのほうを眺めると、肩をすくめるようにして、早稲田駅の方向に歩き始めた。

　声をかけると、女は足を止めた。

「前川レディースクリニックで何かあったのですか？」

　女は胡散《うさん》臭そうな目で、岬の爪先から頭のてっぺんまで眺め回した。

「あそこを受診しようと思って来たんですが」

　咄嗟についた嘘だったが、女は大仰に顔をしかめると、首を横に振った。

「それはお気の毒に。評判はよかったみたいだけれど、もうお終いだね。院長が殺されてしまったんだから」

　疑問符が脳裏を飛び交った。昨日、会ったばかりの前川が殺されたという事実が、うまく飲み込めなかった。それでも女は嘘を言っているようには見えなかった。実際、捜査が目の前で進んでいるのだから、信じないわけにはいかなかった。

「気の毒にねえ。不妊治療の相談に来たの？」

「ええ、まあ……」

曖昧な笑いを浮かべると、岬も声を潜めた。

「犯人は捕まったのですか」

「まだみたいですよ。だからああやって見張っているんでしょう。今朝からもうこの辺は大変だったわよ。殺人事件なんて、滅多にあることではないでしょう。朝はマスコミの人たちも大分来ていてねえ。私もしばらく外で見ていたんだけれど」

女はまだ話をしたそうだったが、それ以上話を聞いても無駄だと思った。岬は女に丁寧に礼を言うと、クリニックに向かって歩き出した。

クリニックの窓の電気はついていた。だが、扉の脇には本日休診の札が下がり、鑑識担当者らが掃除機のような機械で玄関周りの塵《ちり》や埃《ほこり》を丁寧に吸っていた。

岬は動悸を抑えながら、高田馬場駅の方向に向かって足を速めた。歩調は次第に早くなり、ついに駆け足になっていた。午後二時過ぎだから、駅に行けば夕刊の早版が手に入るはずだった。

すぐに息が切れてきたが、岬は走り続けた。一刻も早く詳しい状況を把握しないと、とんでもないことが起きるような不安に駆られ、ひたすら脚を動かし続けた。駅前のロータリーの横断歩道を渡り、ようやく駅の入り口にたどり着いた。売店で大手三紙を購入し、そのうち一紙をその場で開いた。

社会面の隅にその記事は載っていた。

『産婦人科医殺害』

黒々とした見出しが目に飛び込んできた。早速記事を読みかけたが、視線は紙面の別の場所に釘付けになった。被害者の写真が載っていた。岬は、その写真を食い入るように見つめた。何度瞬きをしても、写真が変わることはなかった。丸い福々しい顔。頭髪が少し寂しくなっている。

それは、昨日岬が会った男とは、明らかに別人だった。心臓のリズムが激しく乱れ、何かに寄りかからなければ、その場で倒れてしまいそうだった。

昨日会った男は、マスクをしていたけれど、写真の人物とはかけ離れた容貌をしていた。新聞写真は粒子が粗いから別人のように見えるのだと自分を納得させることは、到底できなかった。

他の新聞も開いてみた。もう一紙、前川の顔写真を掲載しているところがあった。別の写真だったが、やはり昨日の男とは全く違う印象だった。

そのとき、通りすがりの中年女が、胡散《うさん》臭いものを見るような視線を投げかけてきた。今の自分は、明らかに狼狽《ろうばい》していた。目立ちたくなかったので、岬は改札口へ向かった。ホームで山手線を待ちながら、記事に目を通した。

『昨夜、西早稲田の産婦人科の院長が絞殺された。警察は全力で捜査を進める方針。

前川は先進的な不妊治療で有名な産婦人科医。今年春、第三者の卵子を使って五十代の女性を妊娠・出産させることに成功するなどして、話題を集めていた』

事件の一報がマスコミに流れたのが、早版の締め切り間際だったようで、知りたいことは何も分からなかった。夕方になったら発売される最終版やテレビのニュース番組を待つしかなかった。

滑り込んできた電車に乗り込むと、空いた席を見つけて座った。悪寒がしてしようがなかった。

昨日会ったあの男。彼は何者だったのだろう。前川になりすまして、客に会うというのは、常軌を逸した行動だった。彼が犯人と考えるのが、自然なように思えた。自分があの男と話していたとき、前川はもう殺されていたのかもしれない。自分は殺人犯と話をしたのだろうか。

新大久保の駅に電車が停まった。それと同時にこれまでとは比べものにならないほど大きな衝撃が岬を襲った。周囲の空気が急に薄くなったように感じた。

昨日、あの男に名刺を渡してしまった。

何か大きなものに縋《すが》りつきたいという思いに捉われた。大人になってから、こんな気持ちになったのは初めてだった。

走り始めた電車の揺れに身を任せながら、岬は新聞を小さくたたんでバッグにしまった。

警察に行こうか。

犯人が逮捕されない限り、安心して家に帰ることなんてできない。自分の話が警察の捜査に大きく役立つはずだということも分かっていた。

だが、その決心はつかなかった。

警察は自分が前川を訪問した理由についても、詳しく知りたがるように思えた。ミチルのことを話すわけにはいかなかった。

不安材料はもう一つあった。

犯人の目星がついていればいいけれど、手がかりがないとしたら、疑われてもおかしくない立場に自分はいる。留守番電話に残したメッセージが消されていなければ、訪問した時間もだいたい分かるだろう。それが死亡推定時刻の範囲に入っている可能性もあった。その場合、自分に疑いがかかることは間違いないように思えた。

決定的な証拠があるとは思えないから、すぐに逮捕されることはないはずだが、間違いなく監視はつく。そうすれば、ミチルの親を探し歩くことはできなくなってしまう。

そもそも、前川が殺されたのは、ミチルのことと何か関係があるのだろうか。ないわけがないように思えた。あまりにタイミングがよすぎるのだ。

新宿駅のホームに降り立つと、人ごみにまぎれるように階段を下りた。次第に気持ちは固まっていった。

逃げるしかない。

警察だって、馬鹿ではない。現場で試料を集めて分析すれば、ほかに真犯人がいると分かるように思えた。なにも永遠に逃げ続ける必要はないのだ。犯人が逮捕されるまで、身を隠せればそれでいい。犯人が逮捕された後なら、警察の事情聴取もさほど厳しくはないだろう。

とりあえず、今夜はビジネスホテルに泊まろうと思った。そろそろチェックインできる時間だった。ホテルに入ったら、中原陽子にも連絡を入れなければならない。彼女にまたしても、厄介なことに巻き込まれたと伝えるのは気が進まなかった。電話の向こうで絶句する様子が、今から目に浮かぶようだ。

考えなければならないことが多すぎた。何から片づければいいのか、うまく考えがまとまらなかった。

8

まずはホテルに入り、シャワーを浴びることだと岬は思った。

同僚の捜査員が、生真面目な口調で報告をしていた。喜多野浩二は頭の芯に残る鈍い痛みに耐えながら、細かい文字で彼の言葉の一つひとつをメモにとっていった。

今朝、着替えるためにいったん自宅に戻ったら、加奈の具合が悪そうだった。「病院に一人で行けるか？」と言ったら大丈夫だというから、そのままにしてきたが、縋《すが》りつくような目つきで見られたような気がして、気分がむしゃくしゃした。

こんな時に休みを取るわけにはいかないことぐらい、刑事の女房だったら分かっているだろうに。

「というわけで、別居はしていましたが家族関係には特段、問題はないようです。ただ、ちょっと気になるのは、あのクリニックの開設資金の出所です。家族にはほぼ全額をローンで返済すると説明していたようですが、実際には総額約一億円のうち、三千万円が支払い済みでした」

「ふむ。それでは、引き続き調べてくれ」

正面に捜査員たちと向かい合うように座っている課長は、ペンを置いた。そして、喜多野に目で合図を送ってきた。

立ち上がるとき、椅子の脚が床とこすれて、癇《かん》に障る音がした。喜多野は手帳を見ながら、深沢岬についてこれまで分かったことを説明し始めた。

「中野区の自宅には昨日、今日と帰っていない様子です。埼玉県の実家にも問い合わせましたが、絶縁に近い状態のようで、最近の様子は分からないとのことでした。留守番電話に残っていたセントメリーズ病院の産婦人科部長は昨日は外出していたので、今日、当たります」

何一つ新しいことは分からなかったと言っているのに等しかった。課長が鼻の脇の筋肉を引きつらせた。

鑑識の結果、前川正史の死亡推定時刻は午後五時から八時の間で、死因は後ろからロープのようなもので首を絞めたことによる窒息だった。喉のあたりをかきむしったような形跡があったが、室内の様子からみても、大きく争ったりはしなかった模様だ。前川の体内から、薬物は検出されなかった。睡眠薬を飲ませるなどして、動けないようにしてから首を絞めたのなら、犯人が女ということも考えられたが、薬物反応がないとなると、女には難しい犯行だと考えざるを得なかった。

それでも捜査陣の注目は、深沢岬に集まっていた。通り魔的な犯行ではないことはほぼ確実なのにもかかわらず、疑わしい人物はほかに浮かび上がってこなかった。

近所の目撃証言にも有力なものはなかった。毛髪など犯人の遺留品を探す作業は今も続いているが、クリニックは人の出入りが激しいだけに、作業は難航することが必至だった。

「やはりこの女がポイントになるようだな。フリーライターなんだから、ニュースや新聞を全く見ないということはないだろう。前川が殺されたことを知っていたら、向こうから連絡してきてもおかしくはない。それが全く捕まらないというのは妙だ。本人が逃げ回っているか、あるいは事件に巻き込まれたか。どちらにしても、行方が分からないことにはな。深沢岬の担当をもう二、三人増やすか」

　課長の言葉に反発を覚えたが、自分は何の成果も上げられていないのだから、文句を言える立場ではなかった。

「深沢の写真は手元に配布してあります。雑誌の記事のコピーなので鮮明ではありませんが」

　それはおよそ二年前の日付の記事だった。深沢岬は当時、東都新聞社に勤めており、取材相手を脅迫して記事のネタをもらっていた、という内容だった。三流雑誌の記事だから、内容を鵜呑みにするわけにはいかないが、おそらくそれに近いことはあったのだろう。だからフリーになったのだ。

　彼女は記者というより、アナウンサーかタレントのような風貌をしていた。綺麗にカールされた髪の毛と目元を強調したメイク。頬がわずかにふっくらとしており、コケティッシュな感じだ。

「喜多野、おまえらは深沢を重点的に当たれ。クリニックの治療内容についても、もう少し調べてみる必要があるだろう。ずいぶん人気があるクリニックらしいが患者とトラブルがあった可能性もある。深沢は、それを追っていたのかもしれん」

別の捜査員が手を挙げた。

「前川は第三者の卵子を使った不妊治療、というのをこの春に手がけています。卵巣を摘出してしまった患者などが、他人から卵子の提供を受けて人工授精をするわけです。倫理的な問題があるとして、日本ではほとんど実施されていない治療です。クリニックの職員は、特に目立ったトラブルはないと言っていますが引き続き当たります」

「そうだな。それではよろしく頼む」という課長の言葉が、会議終了の合図だった。

喜多野は林の姿を捜した。会議が始まる直前にあたふたと部屋に駆け込んできた。後ろのほうの席に座っているはずだった。

他の捜査員たちは、次々と席を立っていくが、林はまだ資料に視線を落としていた。

「おい、出かけるぞ」

声をかけると、林はようやく机から目を上げた。寝癖のついた髪を気にして頭をしきりに撫でているのはいつものことだが、つるんとした頬がいつになく引き締まっていた。

「喜多野さん、この女、見覚えありませんか?」

「深沢岬のことか?」

「僕も自信があるわけじゃないんですが、昨日、院長室の前の廊下ですれ違った女がいたじゃないですか。えらい美人が院長を訪ねるものだと不思議に思ったから、なんとなく顔を覚えているんですが」

喜多野は、手に持っていた資料を慌ててめくり、深沢岬の写真を探した。

「目元が似ているような気がするんです。昨日の女のほうがきつい感じでしたけれど、化粧の仕方とかで変わりますからね。痩せたのかもしれないし。僕の彼女だって二年前とはまるで別人ですよ。もっとスマートで可愛かったんですけどねえ。それはともかく、セントメリーズ病院について調べていたのなら、あの場に姿を現しても不思議ではないですよね」

「行こう」と言いながら、喜多野は林の肩を叩いた。「産婦人科の前に院長室だな」

林は口元をほころばせると、椅子の背にかけてあった上着をひょいと掴んだ。


荒木院長は運悪く手術の最中だった。熱湯を浴びた子どもの皮膚移植が緊急に入り、外科医とともに手術室に詰めているのだという。企画部門を訪ねたら、青井は今朝から海外出張に出ていると言われた。

喜多野は荒木の手が空くまでの間に、産婦人科部長に会っておくことにした。深沢岬がこの病院の不妊治療について調べていたなら、産婦人科部長と会っているかもしれない。さらに、その医師は前川の上司だった人物でもあった。

昼休みに入ったところのようで、待合室に患者の姿はまばらだった。受付のカウンターで手帳を見せ、責任者に会いたいというと、女性事務員があからさまな緊張を目に浮かべながら、奥の部屋に入っていった。

ほどなく、白衣を着た中年の女が出てきた。二の腕から腕にかけてたっぷりと肉がついているが、髪の毛を薄い茶色に染めているせいか、若々しく見えた。

「部長の正岡です」

落ち着いた声で女が言った。林が戸惑うように喜多野を見た。

「ここには患者さんがいらっしゃいますから、話は私の部屋で聞きます。ちょうどお昼ですし」

待合室と廊下を挟んだところにある正岡の部屋はそれほど大きくはなかったが綺麗に片づけられていた。医師を束ねる立場の人間のオフィスというより、外資系企業の幹部の部屋を思わせた。

入り口を見据えるように配置されているデスクに、小ぶりのひまわりが三輪、生けられていた。どっしりとした存在感は、この部屋の主を思わせた。

部屋の隅からパイプ椅子を出して広げると、正岡は小さな冷蔵庫からペットボトルのお茶を出した。冷蔵庫の棚をちらっと見たら、青いバンダナに包まれた弁当箱がちょこんと載っていた。

「前川先生の件ですね。ニュースを見て驚きました」

テーブルに紙コップを並べると、正岡は二人の顔をかわるがわる見つめて言った。

「一刻も早い犯人逮捕を目指しています。捜査の参考に、彼がこの病院を辞めた経緯などについて話を伺えますか」

正岡は一言一言を区切るように、ゆっくりと話し始めた。

「すでに調べておられると思いますが、前川先生は去年の夏までこの病院に勤めていました。突然、西早稲田にご自分のクリニックを開業されることになって辞めたんです。事前に相談もなく、突然辞表を持ってきて一方的に退職すると言うものですから、私もあまりいい顔はしなかったんです。本来は、独立するというのはおめでたい話なんですが、なにせ急なことで、後任を決める時間もないほどでしたから」

「開業資金について何か言っていませんでしたか」

「いいえ、特に……。お互いに感情のしこりが残っていましたから、詳しいことは何も聞かなかったんです」

「ここに勤務していた頃の評判はいかがでしたか。目立ったトラブルなどは？」

林が尋ねると、正岡がふっと苦笑いをもらした。

「可もなく、不可もなくといったところでしょうか。手術の腕はいまひとつでしたけれど、患者さんの話を熱心に聞くので、それなりの評価はしていました」

「彼はクリニックで、患者以外の卵子を使った不妊治療を手がけていたそうですが、ここでもそういう方面を?」

正岡は薄いピンクの口紅を塗った唇をすぼめるようにしてお茶を飲むと、首をゆっくりと横に振った。

「私が知る限りそれはありません。やりたがっているのは知っていました。本人が何度も希望を出していましたからね。ですが、この病院はあくまでも確立された医療を安全に確実に提供することをモットーにしています。そう説明したのですが、前川先生は不満そうでした。だから実は、前川先生には三年ほど前に、不妊治療の担当を降りてもらって、異常妊娠をした患者さんの手術などを受け持ってもらっていました。もしかしたら、そういうことが独立のきっかけになったのかもしれませんが」

「それにしても、これほどの病院が、先進的な医療に消極的とは……。ちょっと信じられないような話ですね。他人の卵子を使った治療というのは、それほど珍しいものなんですか。前川先生は今年の春に手がけたとか」

「ええ。新聞で読みました。でもうちはやっていません。卵子をつくれない女性が、卵子を誰かにもらって、子どもをつくりたいという気持ちは分かります。ですが、卵子を提供する女性には、排卵誘発剤を打つ必要があってその副作用のリスクがあります。卵子を採取するときに、卵巣を傷つける可能性もゼロではありません。精子の場合は、わりと簡単に採れるからいいんですけれど」

「では、そういう治療は日本では全くやられていないのですか?」

「姉妹から卵子提供を受ける場合がないわけではありません。肉親の場合、頼まれると断りにくいといった問題がありますし、家族関係が複雑になってしまうので、ガイドラインでは禁じられていますが。かといって、全くの第三者に協力を求めるというのも現実的には難しいですよね。いろんな意見がありますけれど、私のところは手がけるつもりはありません」

そこまで話すと正岡は、「私ったら、講義をしてしまいましたね」といって、微笑んだ。

正岡の話は理解できたし、彼女が何かを隠し立てしているとも思えなかった。しかし、深沢岬は前川がここで行った不妊治療について調べていた。何かがあるはずだった。喜多野は質問の角度を変えることにした。

「深沢岬というフリーライターが訪ねてきたことはありませんか」

「深沢岬……」

正岡は体形にそぐわない素早い身のこなしで立ち上がると、デスクの引き出しを開け、名刺を取り出した。

「ああ、やっぱり。確かそんな名前だったと思いましたよ」

正岡がテーブルに置いた名刺を見て、喜多野は林と顔を見合わせた。それは前川のポケットに残されていた名刺と全く同じものだった。

「彼女は何を聞きにきたのですか」

知らず知らずのうちに身を乗り出していた。

「ちょっと変わった人でした。本人が受診したんですよ。再診だと言って来たんですけれど、カルテは見当たらないし、話を聞くとつじつまが合わないことがあったので、詳しく話を聞こうとしたら、名刺を出して取材をしたいと言い出したんです。それで、企画部門の人を呼んだんです。取材自体はお断りしたと聞いています」

林が怒ったような声を上げた。喜多野も同じ思いだった。企画部門といえば、あの青びょうたんの部署だった。院長室で深沢岬の名を出したとき、あの男はとぼけたのだ。院長の前だったから口にできなかったのかもしれないが、重要な情報を隠したことに変わりはなかった。しかも、海外出張に出てしまったとは。出張の予定など、昨日は一言も口にしていなかった。

喜多野は腹立ちを抑えようと、唇を嚙み締めていたが、気持ちが落ち着く前に、林が口を開いた。

「そのとき、深沢岬は何を聞きたがっていたんですか？」

正岡は唇を半ば開いて、思いつめたような表情を浮かべた。やがて喜多野の顔をじっと見つめると、静かに尋ねた。

「彼女は容疑者なのですか？」

「今のところちょっとそれは……」

「彼女に直接確認していただけませんか。彼女は一応、受診をしていますから、患者として彼女のプライバシーを守る義務が私にはあります。取材だとも言っていましたが、それにしても私がぺらぺらしゃべったら、彼女の取材に差しさわりがあるような気がします」

「しかし、これは殺人事件に絡む問題です。そんなことを言っている場合では……」

あきれたように言う林を喜多野は目で制した。

この女性は、自分の立場を守ろうなどというけちなことは考えていない。筋が通らないことはしない、と決めているのだ。男よりも男らしい態度に好感が持てたが、今は彼女に頼み込むほかなかった。

「詳しいことは捜査上の理由で申し上げられないのですが、お願いします、先生」

先生、という敬称が自然と口をついて出た。喜多野は頭を思い切り下げた。

「彼女の行方が分からないのです。事件に巻き込まれている可能性もあります」

正岡は二の腕を揉《も》みながら、しばらく考えていたが、「そういうことなら」と言ってうなずいた。

「実は彼女は気になることを言っていました。卵子を採取したと言うんです。そのときの担当医を捜すために、受診したようでした。自分が受けた治療について疑問を持ち、それで取材をしているという印象を受けました」

「もしかして、それが前川なのでは？」

勢い込んで言うと、正岡は眉を寄せて悲しそうな表情を浮かべた。

「あのときには考えてもみませんでした。前川先生のことなど、忘れていましたからね。ですが、こういう状況になってくると確かに気になります。私も彼のやっていることを四六時中、見張っていたわけではありません。彼が極秘に卵子を採取しようと思えば、できないことはないかもしれません」

「それを子どもを望むカップルの夫の精子と受精させれば、前川医師がやりたがっていた、第三者の卵子を使った不妊治療になりますね。深沢さんは、前川医師のそういう面を取材していた可能性があるわけですね」

前川と深沢が一本の線でようやくつながりはじめた。喜多野は自分が興奮しているのが分かった。こういう感覚が、自分は好きなのだと思った。真相に迫っていくときの躍るような気持ち。早稲田署に異動してから初めて味わうことができた。

この事件は、やはり深沢岬が鍵を握っている。必ずこの手で見つけ出してやる。

喜多野が次の質問に移る前に、林が口を開いた。

「深沢岬は卵子の採取を受けたと言っていたわけですよね。彼女自身が、その卵子を使って人工授精をした可能性はありませんか。あるいは、卵子を保存しておいて、将来、子どもをつくろう、と考えていたとか」

「よくそんなことをご存じですね」

正岡が言い、喜多野も意外な思いで林を見た。林はつきあっている女と遊びにいくことが人生の楽しみだという信じられない若者だが、もしかするとそれは彼流の照れ隠しのようなもので、実際にはかなりの勉強家なのかもしれないと思った。

林は、恥ずかしそうに笑うと、寝癖のついた髪を撫でた。

「実は僕の彼女に聞いたんですよ」

また彼女か。

喜多野はがっくりと肩を落としそうになったが、林は正岡に褒められたことでおおいに調子づいたようで、快活にしゃべり始めた。

「結婚したら早く子どもが欲しいなあ、というような話をしていたら、彼女は言うんですよ。僕の遺伝子じゃ不安だから、頭脳明晰でイケメンの男の精子をもらって人工授精したほうが、いい子どもができるって。頭にきましたよ。でも、アメリカではそういうことがすでに起きていると聞いて、なるほどなあと感心してしまいました」

「深沢さんが本当に卵子を採取したかどうかは、分かりません。でも、仮にしたとしたら、おっしゃるような可能性もあります」

そのとき、午後の診察開始を告げるアナウンスが流れた。

「また何かお伺いすることがあるかもしれませんが、そのときはよろしくお願いします」

正岡はうなずくと、下唇をわずかに突き出して冷蔵庫を見た。昼食の時間を奪ってしまったことを申し訳なく思いながら、喜多野は林と連れ立って部屋を出た。

荒木院長は、手術室から戻っていなかった。夕方にでも出直すことにして、いったん署に戻ることにした。

「なんかすごい複雑ですね。会議でうまく説明できますかね。頭が固そうで、先端医療なんてさっぱり分からないという人ばっかりじゃないですか」

駐車スペースからバックで車を出しながら林が言った。

「それを説明するのが、我々の仕事だろう。いずれにせよ一歩前進ってところだな」

「でも、喜多野さんが言っていた深沢岬が第三者の不妊治療を取材していたっていう筋書きは、ちょっと違うような気がします」

「だが、ほかに何がある」

「自分が卵子を採取して誰かに提供したなら、わざわざ取材なんてしますかね。取材のやり方も妙じゃないですか」

バックミラーをにらみながら林が言い、喜多野は思わず顎のあたりを撫でた。言われてみれば、確かにそのとおりだった。前川と深沢が一本の線でつながっていることは間違いないのだが……。

「あーあ、深沢岬。ひょこっと姿を現してくれないかなあ。このぶんでは結局、週末は休めそうもありませんね」

林はエアコンの出力を上げると、乱暴にアクセルを踏み込んだ。

加奈の悲しそうな顔がちらっと脳裏を掠めた。喜多野は彼女の白い面ざしを追い払うように、首を強く振った。

9

ホテルの洗面台で手洗いをしたカットソーは、生乾きだった。空調の送風口の前に一晩中干しておいたのだが、絞り方が足りなかったせいか、腹のあたりに触れる生地はひんやりとしていた。袖の先を摘んで、鼻に近づけてみた。化粧石鹸の人工的な香りがして気分が悪くなりそうだったけれど、すえた臭いがしないだけでも、ましだと思うことにした。

深沢岬はバスルームの鏡に映る自分の姿を見た。目の下が黒ずんでおり、頬のあたりはかさついていた。コンビニエンスストアで買った化粧水を塗り込んだら、ちょっと見ただけでは荒れていることが分からない肌になった。けれど、三十分もすれば、三百六十円の化粧水の効果など失せてしまうだろう。

部屋で電子音が鳴り、心臓が小さく跳ねた。

前川が殺されたと知ってから、見知らぬ番号だったり、相手が番号を通知していなかったりした場合は、電話に出ないことに決めていた。

切実に連絡が欲しいと思う相手は、佐藤と名乗っていた男だけだった。彼には何度も電話をかけているが、携帯電話はいつも電源を切ってあった。

彼のほかに自分を捜しているとすれば警察か、クリニックで前川になりすましていた男だった。どちらとも話をしたくなかった。警察に出頭する気は毛頭なかったし、人を殺したかもしれない男に会うのは、さらに気が進まなかった。

催促するように、電子音は鳴り続けている。

部屋に戻り、サイドテーブルに載せていた携帯電話の表示画面を確認すると、張り詰めていた神経が一気にほどけていった。

通話ボタンを押すと、甲高い声が聞こえてきて、思わず電話を耳から遠ざけた。

「どこにいるの！」

中原陽子がこんなふうに声を荒らげるのを聞いたことはなかった。

「昨日も話したじゃない。ちょっと事情があってうちに帰れないし、そっちにも行けないの。悪いんだけど……」

「さっき警察から電話があったわ。あなたがどこにいるか知らないかって」

岬は押し黙った。警察が自分を捜しているだろうということは、分かっていたけれど、実際に相手が動き出したと聞かされると、追われている立場だという事実が、改めて身にしみた。

「あなたがこの部屋に出入りしていたことは調べられたら分かってしまうことでしょう。最近遊びにきたけれど、今どこにいるかは分からないと言っておいたわ」

「そのうち、警察がそっちに行くかもしれないけれど同じように対応して」

「ねえ、何があったの？　警察だなんて……。あなた何か危ないことをしているんじゃないの？」

「大丈夫だよ」

「ミチルちゃんの両親を捜していることと関係があるんでしょう。だったら、もう警察の人に任せなさいよ」

「嫌っ！」

警察の手にゆだねられるのなら、初めからそうしていた。

ミチルのことは絶対に知られてはならなかった。二度とスキャンダルに見舞われたくなかった。もう自分だって若くはない。ここで再び躓《つまず》けば、最前線で仕事をする機会は永久に失われてしまう。

「とにかく、よろしくお願いします」

陽子はまだ何か言っていたが、そのまま電話を切った。

霞が関の合同庁舎の五号館は高層ビルだった。エレベーターで上層階にある環境省の記者クラブに向かった。午前中の中途半端な時間を狙ってきたせいか、記者の姿はまばらだった。

受付に座っている女性に軽く会釈をすると、いちばん奥まったところにある東都新聞のブースに向かった。横一線に並んだ四つのデスクのうち、もっとも奥にある窓際の席で、平木佐和子はデスクトップの端末に向かっていた。

「平木さん」

いまどき新入社員でも着ないような黒いテーラードジャケットに包まれた背中に声をかけると、平木は椅子の上で小さく飛び上がった。振り向いた彼女の顔には、おびえたような表情が浮かんでいた。

「この前はありがとう。いろいろ助かった」

岬は、空いていた手前の席に腰を下ろすと、デスクに載っていたパソコンの電源を入れた。

「ちょっと調べたいことがあるの。新聞検索データベースを使わせてもらえない？五分か十分ですむからかまわないでしょう」

国内で発行されている主要紙をキーワードを入力するだけで検索できるデータベースが今日の目当てだった。データベースを使えるパソコンは、記者クラブなどの出先にも配備されていた。新宿の居酒屋で飲んだとき、平木は環境省に常勤しているのは自分ひとりだと言っていたので、ここなら遠慮なく拝借できると考えてやってきた。

インターネットの検索エンジンでもある程度の情報は得られるが、ヒットする情報の精度は新聞検索データベースのほうが、はるかに高い。

「今度は何を？」

平木が心配そうにパソコンに体を近づけてきた。

「見ないでよ。それよりパスワードは？」

傷ついたようにうなだれると、平木は低い声で六文字のアルファベットを告げた。

検索画面が立ち上がると、岬は真っ先に「宮園春香」と入力してみた。ヒット件数はゼロ。一般の人間が、新聞に登場することはそう多くはなかった。もしかしたらと思っていたのだけれど、やはり無理があったようだった。

次に前川正史について調べた。いくつかの新聞がここ一年の間に彼の記事を書いていた。彼はボランティアから卵子の提供を受け、不妊に悩む患者を治療をした医者として紙面に登場していた。現在、日本では卵子の提供は匿名のボランティアに限って認めている。姉妹など血縁者は提供者にはなれない。血縁関係が複雑になるといった理由からだという。

ボランティアであんなことをやろうとする人がいる、というのが岬には驚きだった。献血と大差はないだろうと高をくくっていたのだが、実際には排卵誘発剤を打ったり、検査をしたりといろいろと面倒だった。三ヵ月ぐらいはかかったのではなかったか。採取の際に卵巣を傷つける恐れもゼロではないと言われた。決して気軽に提供できるものではないことは、身をもって知っている。まとまった金でももらわない限り、割が合わないように思えた。

実際、米国などでは卵子は売買されていて、日本人夫婦が海を渡って卵子を手に入れることもあるという。

患者のニーズがあり、協力を申し出ている人がいるのだから、他人の卵子を使って子どもをつくることのどこが悪いのかというのが、前川の主張だった。彼はまた、第三者が卵子提供をする場合、リスクに見合った正当な対価を支払うべきだと言っていた。

苦々しい気分で、検索した記事をプリントアウトした。

前川の主張は理解できた。是非はともかく一つの考え方だと思う。だけど、自分の場合は騙されたのだ。不妊治療が目的だなんて聞いていなかった。もし知らされていれば、三百万円と引き換えに卵子など提供しなかった。実験の材料に使う、使用後は廃棄されると聞いていたから同意した。

死人に文句を言っても仕方がなかった。それよりミチルの親をどうやって捜せばいいのか。

岬は、自分の調査が行き詰っていることを感じないわけにはいかなかった。もう一度、セントメリーズ病院を当たるというのが、素直な方法かもしれないけれど、前川のクリニックの電話に残したメッセージのことが気がかりだった。

あのとき自分は、セントメリーズ病院の名前を出している。警察が自分のことを探しているとしたら、病院に連絡がいっているかもしれない。

ジ・エンド、ということなのか。

岬は、半ばやけっぱちな気分で、キーワードを叩いて「宮園ミチル」と入力した。あの子が宮園春香の娘だとしたら、そういう名前のはずだった。

期待などしていなかった。だが、画面には一件のヒットがあったと表示されていた。首都圏の街ネタで強いことで知られる新聞が、およそ二年前に掲載した記事だった。

岬は記事を呼び出すと、食い入るように画面を見つめた。

『駐車場で女児はねられ死亡』というのが記事の見出しだった。

『大田区役所の駐車場で、区内に住む会社経営者、宮園康介氏の長女、ミチルちゃん(3)が乗用車にはねられ、頭を強く打って死亡した。ミチルちゃんは、母親が目を離した隙に駐車場に走り出て、事故にあったらしい』

宮園ミチルという子は二年前に三歳だった。ということは、今は五歳になっているはずだった。陽子に預けているあの子は、生後三ヵ月ぐらいだから、明らかに別人だし、そもそもその子は死亡している。

それでも、偶然と片づけることに、抵抗を覚えずにはいられなかった。宮園ミチルという名前は、かなり珍しい部類に入るはずだった。関係があるかないかを調べるのもそう難しいことではないように思われた。記事には母親の名前は記載されていなかったが、父親の名前はばっちり出ている。会社経営者だというのも、調べる側にとっては都合がよかった。

岬は、今度は企業人データベースにアクセスした。

画面が表示されるのを待つ間に、横目で平木をうかがった。彼女は新聞を読んでいたが、しきりにこちらのほうを気にしていた。「もう少しだから」と声をかけると、撫で肩がびくっと震えた。

宮園康介が何者であるかは、一発の検索で分かった。新興市場に上場している会社の一つ、スーパーエンジニアの代表取締役社長。世田谷区内にある自宅の住所も出てきた。

記事には大田区在住と書いてあったが、二年前のことだから、引っ越しをした可能性があった。宮園夫婦は子どもを亡くすという大きな災難に見舞われたのだから新たな住まいを求めても不思議ではないように思った。

とにかく宮園康介を当たってみることだ。担当医からミチルの親について聞きだすという道がほぼ閉ざされてしまった現在、次のターゲットは宮園だ。

ついでにスーパーエンジニアのホームページも開いてみた。「社長室から」というページには、黒革の椅子に座って微笑む宮園の写真があった。浅黒い肌をした精悍《せいかん》な顔つきの男だった。体格もかなりよさそうで、引退したスポーツ選手みたいな雰囲気をしている。ミチルの面差しと似たところがないか、じっくりと宮園の顔を観察したが、なんとも言えなかった。ただ、ホテルでミチルを置いていった男、佐藤には似ているように思えた。写真の中の宮園にサングラスをかけさせれば、佐藤に似た男が出来上がりそうだ。宮園に会えば分かるだろう。

岬は会社概要と、宮園の写真も合わせてプリントアウトした。

そのとき、ブースの入り口に人影が現れた。社内の人間かもしれないと思って、素早く顔を伏せたが、横目で盗み見たその人物は、ティーシャツ姿でヘルメットを手に持っていた。本社と記者クラブを定期的に行き来するバイク便のアルバイトだった。

「お疲れさまっす」

髪の毛を後ろで一つに結んだ若者は平木に声をかけると、郵便物をいちばん手前のデスクに載せた。若者は岬をちらっと見ると、平木に向かって頭を下げ、せかせかとした足取りで出ていった。

記者クラブに長居をするのは、禁物だった。アルバイトならどうせこっちの顔なんて分からないだろうからかまわないが、社員が訪れないとも限らない。

爪を短く切りそろえた指で、しきりと自分の髪の毛をいじっている平木に、岬は声をかけた。

「いつも悪いわね。心配しなくても、あの件は誰にも言っていないから」

平木が何か言いたそうな表情を浮かべたが、岬はブースから出た。

エレベーターを待っていると、平木が後を追ってきた。

「ちょっと外で話がしたいの」

「これから行くところがあるから、また今度にして」

宮園の自宅がある世田谷にすぐに向かいたかった。だが、平木は彼女らしくない強引さで、エレベーターに乗り込んできた。

「日比谷公園に行きましょう」

そう言うと、平木は岬に背を向け、エレベーターの昇降ボタンの前に立った。硬い背中から、無言の圧力のようなものが発されていた。

一階に着くと、平木は振り返り、挑みかかるような目つきで岬を見た。これまでの彼女にはなかった強い決意のようなものが、オーラのように全身から立ち上っている。気圧《けお》されそうになったが、なんとか顔色を変えないようにした。

「じゃあ、五分か十分ぐらいなら」

平木はかすかにうなずくと、歩き始めた。

日比谷公園は庁舎とは道を挟んで真向かいにあった。木立の合間を縫うような小道を、平木は無言で歩いていく。彼女の少し後ろから歩くうちに、岬は平木の髪が美しい艶を帯びていることに気づいた。中途半端な長さだしデザインもなっていないけれど、夏の陽射しを浴びた髪は、シャンプーのコマーシャルに出ているモデルのようだった。

ふいに今朝、鏡で見た自分の顔が思い出され、思わず頬に手をやった。鏡がなくても、自分の顔は汚れていると思った。泥水をくぐり、何度洗っても真っ白には戻らない雑巾のように、肌の細胞の一つひとつに汚れが染み付いている。

誰だって、泥水を浴びせられればそれなりに汚れる。二年前から、心から楽しいと思うことなんて、何一つなかった。終わりの見えない焦燥感に悩まされ続ける毎日が、自分の顔まで変えてしまった。

今、巻き込まれている問題をうまくクリアできなければ、自分はもっと汚くなる。それは耐え難いことのように思えた。

木陰にベンチを見つけると、平木はハンカチを敷いて座った。隣に腰を下ろすと、平木はすぐに「警察には行ったの？」と聞いてきた。

「何のこと？」

「渡した名簿に載っていた医者が殺されていたじゃない」

岬はベンチの硬い表面を指でなぞった。平木が、前川の名前を覚えているとは思ってもいなかった。

返事などしたくはなかったが、平木の目は相変わらず強くて、だんまりを決め込むことは難しかった。

「会ってない。私がコンタクトしようとしたときには、もう殺されていたみたい」

「それ、本当？　深沢さんのことだからすぐに会いにいくと思っていたけれど」

平木は冷ややかに言った。

「私のこと、疑っているの？」

知らず知らずのうちに、声が上ずっていた。

人を殺したと疑われるなんて、自分もいよいよお終《しま》いだと思った。しかも、心の中でずっと侮っていた女に、こんな言われ方をするなんて、情けないにもほどがある。

平木は周囲にさっと目をやると、人さし指を唇の前に立てた。財布を手にした若い女性の二人連れが笑いながら目の前を横切っていった。岬は肩の力を抜こうとしたが、うまくいかなかった。焦りなのか、悔しさなのか自分でもよく分からない感情が脳の中を駆け巡り、考えをまとめることができなかった。

「責めているわけじゃない。もし、何か知っているのなら、警察に相談したほうが絶対あなたのためだと思う」

この女の口を封じなければならないと思った。せっかく手がかりが得られそうなのに、平木などに邪魔をされるわけにはいかない。

「警察に話すつもりなの？　そんなことをしたら、どうなるか分かっているんでしょうね」

平木は目を細めると木立を見上げた。そして、口元にうっすらと微笑みを浮かべた。

「写真のこと？　別にかまわないわ。彼にも、私たちのことが社内でばれるかもしれないって話しておいたから」

「えっ」

目の前に座っている平木が、自分とは違う生き物のように思えた。

「ちょっと待ってよ。本当にいいの？　二人のうちどっちかは、地方に飛ばされて、本社に永久に戻れなくなるんだよ。周りにもいろいろと言われるだろうし」

「彼もそんなこと言ってた。隠し通さないと左遷されるって。そんなあの人を見ていたら、ばかばかしくなった。もう別れるわ。地方に行ってもかまわない」

自分に言い聞かせるように言葉をゆっくりと唇から押し出す平木に対して、岬は畏《い》怖《ふ》に似た気持ちを覚えた。

なぜ、あがこうとしないのだろう。傷つくことが分かっているのに。

傷ついたことがないから、それがどんなに痛みを伴うものなのか、分からないのだろうか。

「私のことはいいから。それより、あなたが妙な事件に巻き込まれているんじゃないかと思って心配しているの。フリーなんだから、会社が守ってくれるわけではないでしょう。無理をしないほうがいいよ」

「関係ないでしょうっ！　さっきも言ったけど、私は前川には接触していない。だから、あの殺人事件も私とは関係がない」

平木の顔に複雑な表情が浮かんだ。

「でもさっき、前川について調べていたじゃない」

岬は、口元を手で覆った。見ていないふりを装いながら、盗み見をしていたのだ。

ぼうっとしているように見えて、押さえるべきところは押さえている。岬は、またしても平木の意外な一面を見たような思いだった。

だが、感心などしている場合ではなかった。平木に警察に話をされるわけにはいかない。

岬は、がばっと頭を下げた。

「今調べていることが分かるまでは、警察と話をしたくない。私の一生がかかっていることなの。お願いだから、警察には言わないで」

泣き落としは嫌いだ。しかも、平木などを相手にそんな手を使うなんて。だが、取引の材料を持っていない以上、頭を下げるしかなかった。

「ちょっと深沢さん」

平木が戸惑うような声を発しても、岬は頭を下げ続けた。同じ動作をあくことなしに繰り返す水差し鳥のように。

通り過ぎていく人たちの明るい笑い声が現実感のないもののように感じられる。脇の下に滲み出した汗が、惨めな気分をいっそう募らせた。

ようやく平木が口を開いた。

「分かった。でも、危険なことは絶対にしないで。何かあったら私に連絡して。力になれることは協力するから」

どっと全身に汗が噴き出した。

岬は、歩き始めた平木の後ろ姿を目で追った。バッグの紐が肩からずり落ちぎみになっており、上着の中心のラインが歪んでいた。それでも、彼女の背筋はまっすぐに伸びているように見えた。

平木の姿が見えなくなると、岬は地下鉄の駅を目指し、歩き始めた。足元がふわふわとしていて、何度も躓《つまず》きそうになった。

10

宮園康介の自宅の最寄り駅は、中原陽子の家のちょうど真南に四キロほどのところにあった。東西方向に走る二本の私鉄の間を南北に結ぶバス路線を利用すれば、わずか十五分しかかからない。

駅から五分も歩くと、住宅街に入った。古くからの住宅街のようで、一つひとつ家がかなり大きい。電信柱に表示された番地を確認しながら、岬は進んだ。

自動販売機がある交差点を左に曲がると、周囲の家と比べてもひときわ大きな洋館があった。白いフェンスには蔦《つた》が絡まり、前庭には青々とした芝が敷き詰められている。建物はクリーム色の壁で、二階に設けられた出窓が、優しい雰囲気を作り出していた。まるでアメリカの郊外の家のようだと岬は思った。

門の脇にすえつけられた御影石の表札に、宮園の名が刻まれていた。

チャイムを鳴らしてみたが、人が出てくる様子はなかった。正午を少し過ぎたところだった。一家で朝から出かけているのだろうか。夏休みを利用して旅行に出ている可能性もある。

それでもせっかくここまで来たのだから、手ぶらで帰るつもりはなかった。

背後で金属がきしむ音がした。振り返ると、向かいの家の門を押し開けて、背の低い女が出てくるところだった。襟なしの白いツーピースに肉づきのいい体を押し込め、ヒールが異様に高いサンダルを履いていた。濃い色のサングラスが、陽射しを受けて金属のような光沢を放っていた。

「最近のタクシーはたるんでるわ。こっちは急いでいるのに……」

独り言にしては大きな声で言うと、女は黒いレースの日傘を乱暴に開いた。

岬は女に声をかけた。

「すみません。宮園さんのお宅を訪ねてきたのですが」

女は日傘の柄を肩に乗せ、くるくると回しながら値踏みをするように岬を見た。分厚くファンデーションを塗った鼻のあたりに、早くも汗の粒が滲み始めている。

「セールスの人？　宮園さんのお宅ならあきらめたほうがいいわ」

「旅行ですか？」

女は鼻の付け根に皺を寄せると、芝居がかった沈うつな声を出した。

「奥さんがひと月ほど前に亡くなったのよ。お気の毒にねえ。ご主人もそれ以来、あまり帰っていないみたい」

「奥さんって、春香さんのことですよね」

「そう」

新聞に出ていた宮園ミチルの母親が宮園春香であることは分かった。でも、まさか亡くなっているとは思わなかった。二の句を告げずにいると、女は濃いピンクの口紅を塗った唇の両端を噂話を楽しむかのように、きゅっと上げた。

「たいへんだったわよ。夜中に警察や救急車が、いっぱいサイレンを鳴らしながら来てね」

「事件だったんですか」

「あんたセールスの人じゃないの」

女のサングラスが、昆虫の複眼のように不気味に光った。

「う……、うちの姉が宮園さんの同級生なんです。姉は今入院しているんですが、宮園春香さんに貸していた本を返してもらってくるようにと言われたから来たんです。宮園さんのことをもう少し聞かせてもらえませんか。姉に報告したほうがいいと思うので」

　無理がある嘘だなと自分でも思った。だが、女は深くものごとを考えるたちではないようで、あっさりとうなずいた。

「自殺なのよ。部屋で首を吊ったんですって」

　女は宮園家に目をやると、一ヵ月前の衝撃を思い出したかのようにぶるっと体を震わせた。

「理由は？」

「さあね。近所では、非の打ちどころがない家庭っていう評判だったけど。ま、いろいろあったんでしょう」

　含み笑いのような声をかすかにもらすと、女は、宮園春香が今年の春に赤ちゃんを産んだばかりだったと言った。

「ミチルちゃんっていう子でね。奥さんが亡くなってから見かけないから、親戚か何かに引き取られたんでしょうね」

　突然、ミチルの名前が出てきて、岬は危うく声を上げそうになった。

　でも、すぐに新聞記事を検索したときと同じ疑問が湧いてきた。ミチルというのは二年前に事故で死亡した子どもの名前でもあった。

　今年生まれた第二子を、幼くして不慮の事故で死んだ第一子の生まれ変わりだと信じたかったのではないかという想像はつく。それでも、同じ名前をつけるというのは、奇異な感じがした。

もう少し詳しい話を聞こうと、質問を頭の中でまとめかけたとき、タクシーが勢いよく走ってきて、二人の前で音をたてて停車した。

後部座席のドアが開くなり、女は日傘を開いたまま、車内に顔を突っ込んだ。

「電話してから何分たったと思っているの！　急ぎだから、こうやって表まで出てきて待っているのに。あんたたち、暑いからってたるんでるんじゃないの？」

「あの……」

岬が声をかけると、女はようやく岬と話をしている最中だったことを思い出したようだった。バサバサと音を立てながら日傘をたたむと、大きな尻を座席に滑り込ませ、岬に向かって太い首を突き出した。

「悪いけど、急いでいるから。お姉さんによろしくね」

とってつけたように言うと、女は再び運転手を怒鳴りつけることに、全精力を傾け始めた。ドアが音をたてて閉まった。タクシーは何者かに追われているかのように急発進した。

岬は女の家の表札を確認した。木村静江、というのが彼女の名前のようだ。そして岬はもう一度、宮園家を眺めた。

ミチルはここで生まれ、ここで成長するはずだった。母親の自殺という予期せぬ出来事により、彼女の未来は変わってしまった。

おおまかな筋書きは見えてきた。

宮園春香はおそらく第一子を産んだ後、卵巣の病気にかかり、卵子をつくれなくなったのだ。だが、第一子を亡くした後、どうしても再び子どもが欲しいと考え、セントメリーズ病院で、他人の卵子を使った人工授精に挑んだのだ。

費用がいくらかかるのかは知らないけれど、この家の構えを見れば、金など出す気になればいくらでも出せただろう。卵子さえ手に入れば、ということで自分に白羽の矢が立ったのだと思った。

母親が亡くなったとしても父親はいる、と岬は思った。自分たちがつくった子どもを、押し付けるなんて理屈に合わない。ミチルは、宮園康介が育てるべき子だった。

これから宮園康介の会社に乗り込んでやろう。

そう考えたら、食欲を覚えた。胃がぎゅっと鳴り、岬は一人で笑った。笑うなんてずいぶん久しぶりのことだと思った。

11

車が停まった。喜多野浩二はリクライニングシートを起こす前に、大きな伸びをした。突然、引き伸ばされた背筋が、湿った音をたてた。

「結構、いいマンションですね」

グレーのタイル張りの五階建てを見上げながら林が明るく言った。

分譲マンションならば、この程度の造りは珍しくもなかった。林は喜多野の気持ちを盛り立てるように、にっと笑ったが、「無駄口を叩く暇はないぞ」と喜多野が言うとすぐに笑顔を引っ込めた。

道の反対側には、滑り台とブランコ、砂場というシンプルな構成の児童公園があり、幼児を連れた母親が木陰のベンチに腰かけていた。母子の姿は喜多野にまぶしく映った。

今朝は珍しく加奈の機嫌がよかった。喜多野の手を取り、大きくせり出した腹に押し当てると、くすぐったそうな顔をして、赤ちゃんが蹴っているの、と言った。喜多野の手のひらにも、胎児の動きは伝わってきた。

そのとたんに、愛おしさがこみ上げてきた。その感情が加奈に対するものなのか、それともこれから生まれてくる赤ん坊に対するものなのか、はっきりとはしなかったが、四十年生きてきて初めて感じた気持ちだった。父親になるのだという実感が、初めて湧いてきた。

柄にもなくほのぼのとした気持ちになったのだが、それが表情や態度に表れていたのかもしれない。署に顔を出すなり、課長に怒声を浴びせかけられた。

素性が分かっているのに、たかが女一人を見つけられなくてどうする。

課長の怒りももっともだった。課長ばかりでなく、捜査員すべてが深沢岬の行方がつかめないことに対して苛立ちを募らせていた。

前川殺しの犯人に関する有力な手がかりは、いまだに得られていなかった。周辺の聞き込みで、いくつかの目撃情報は得られていたが、クリニックから出てきた人物を見かけたといった決定的なものはなかった。西早稲田は都心にしては落ち着いた土地柄だが、クリニックは大通りに面していた。地元民ではない人間も頻繁に行き来するから、住民がよそ者に注意を払うことはあまりなかった。

「何か分かるといいですね」

機嫌をうかがうように言う林をじろりとにらむと、喜多野は上着を羽織った。

これから会う中原陽子には、喜多野も内心、大きな期待をかけていた。セントメリーズ病院の院長の荒木は、喜多野たちが訪問した直後に、深沢岬がやってきたことは認めた。だが、不妊治療の取材をしたいという希望を聞いただけで、それ以来、連絡はないという。

不自然だとは思ったが、それ以上のことを彼から引き出すことはできなかった。荒木のほかに事情を知っていると思われる企画部門のうらなりは、二週間の予定でデンマークの福祉施設に研修に出したという。

荒木は、組織を守るということにかけては、プロだった。自分たちに利があると判断しない限り、協力はしてくれない。残念ながら今のところ、荒木に対して強硬な態度に出られる材料を持ち合わせていなかった。

エレベーターで四階に昇り、外廊下を左に曲がって二つ目のドアが深沢岬の伯母、中原陽子の自宅だった。チャイムを押して来意を告げると、水色のワンピースを着たほっそりとした女が、緊張した面持ちでドアを開けた。眼鏡をかけていて、知的な感じがする女性だった。

「突然、申し訳ありません。少々、お話を聞かせていただけませんか」

唇をひき結んだまま、中原陽子は軽くうなずいた。部屋の中に招じ入れてくれる気はないようだったので、喜多野と林は体を縮めるようにして玄関のたたきに上がった。

玄関先には近所に買い物に出かけるときに履くようなサンダルが一足置いてあるだけだった。やはり深沢岬はここにはいないのか。そう思いながら顔を上げると、まるで喜多野たちの気勢を殺《そ》ごうとするかのように、中原陽子は「いません」と早口で言った。

「最後に会ったのは？」

中原陽子は目元をしょぼつかせて、考え込むようにすると、「四日前でした。取材で近くまで来たからといって立ち寄ったんです。それ以来、会っていません」と言った。

電話で尋ねたときと同じ言葉だった。だが、電話では黙り込みがちだった彼女が、今日は自分から話しかけてきた。

「警察の方が捜しているだなんて、岬は何かしたんでしょうか」

「事件の捜査の一環として、参考までに話を聞きたいことがあるんです」

「どんな事件なんですか」

深刻に聞こえないように気をつけたつもりだったが、中原陽子は心配そうに眉根を寄せた。

無理もないと思う。警察に肉親の行方を聞かれるなど、滅多にあることではなかった。

喜多野は申し訳ないとは思いながら、口を濁して質問を続けた。

「彼女の行きそうな場所をご存じありませんか？　深沢さんは、親戚の中では、中原さんといちばん親しいそうじゃないですか。最近、仲がよかった友人などが分かるとありがたいのですが。連絡を取る方法、なんとか分かりませんか」

中原陽子は顔を上げると、きっとした目つきをした。

「彼女は用があるときには連絡をしてきますが、こっちから連絡を取ろうとしても、なかなか捕まらないんです」

「もしかして、中原さんも彼女を捜しておられるのですか？」

林が突然言った。中原陽子は唾《つば》を飲み込むように、喉を上下させた。眼鏡の奥の涼しげな眼が、落ち着きなく揺れているように喜多野には見えた。だが、それは気のせいだったようだ。中原陽子は「当たり前でしょう」と強い調子で言った。「心配するなというほうが、無理な話じゃありませんか」

そのとき、部屋の奥から赤ん坊の泣き声が聞こえてきた。中原陽子が廊下の奥を気遣わしげに見た。

この家は、夫婦二人のはずだった。なぜ、赤ん坊がいるのか。

首を伸ばして様子を伺ったが、リビングルームにつながっていると思われるドアは、半分以上閉じられており、向こう側の様子は分からなかった。

「お子さん、ですか？」

「知人に頼まれて預かっているだけです。そろそろミルクをやらなければいけない時間で……。何度も言うようですが、本当に私は何も知らないんです」

話は終わっただろう、というように中原陽子は喜多野と林を交互に見ると、唇を引き結んだ。

深沢岬から連絡があったら知らせてくれるように頼むと、中原陽子は硬い表情のまま会釈をした。二人が外に出るとすぐに鍵を回す音、そしてチェーンをかける音が聞こえてきた。


中原陽子はドアにチェーンをかけると、その場に座り込んだ。玄関の床の冷たさが、薄い布地を通して伝わってきた。深呼吸をしてみたが、動悸は治まりそうになかった。

あれで良かったのだろうか……。

リビングルームからは、ミチルが泣き叫ぶ声が聞こえてくる。刑事たちに話したように、ミルクを作ってやらなければならない頃合いだった。

のろのろとした動作で立ち上がると、陽子はキッチンに向かった。

ミチルを預かってもう四日になる。当初は、岬はこの家にしばらく泊まると言っていた。それが突然、帰ってこなくなった。自宅にも戻っていないようだし、連絡をしても、携帯がつながることはまれだった。たまにつながっても、しばらく待ってくれと繰り返すばかりで、さっぱり要領を得ない。

警察が捜しているだなんて、いったい彼女は何をしているのだろう。ミチルのことで何か事件にでも巻き込まれているのではないか。

埼玉にいる兄夫婦に連絡することも考えた。自分にはもはや手に負えないところに、岬は行ってしまっているように思えた。

だが、兄夫婦と岬との関係を思うと、安易に連絡はできなかった。岬が言うように、本当にたいしたことではなかったとしたら、兄夫婦を心配させるだけに終わる。そして、両者の仲は、これまで以上にこじれてしまうだろう。

せめて定期的に報告ぐらいしてくればいいのに。

陽子は乱暴なしぐさでヤカンを火にかけ、粉ミルクを分量どおりに哺乳瓶に入れた。

そのとき、リビングルームで電話が鳴った。ガスを止めると、とりあえず電話に向かった。

「私だけど」

岬の声を聞いたとき、ほっとするのと同時に、怒りがこみ上げてきた。

「警察が来たわ。今、帰ったばかり」

岬は押し黙った。

都合が悪くなるといつも口を閉ざし、電話を切ってしまう。だけど、いつまでも彼女に振り回されているわけにもいかないと思い、陽子は強く言った。

「いいかげんにしなさい。なんで警察が捜しているの？　黙っていろって言われたって、困るわ」

「ごめん」たいしてしおれていない声で言うと、岬はこの場には不似合いと思えるような笑い声をたてた。「でも、やっと分かった」

「分かった？」

「ミチルの親が見つかったんだ。宮園っていう人で、会社の社長だった」

陽子はなんと言葉を返せばいいのか分からず、畳んだタオルケットに仰向けに寝かせているミチルを見た。

「それで、午後からその人の会社にミチルを連れて行こうと思うの。今からそっちに行くから、あの子に出かける用意をさせておいてもらえる？」

「警察はどうするの？　連絡をしたほうがいいわ」

「まず、ミチルを親のところに戻す。警察のことはそれから考える。一度に何もかも解決しようと思っても無理だから」

「それはそうかもしれないけれど……」

「じゃあ悪いけれどよろしくね」

「ちょっと待って。表に警察がいたらどうするの？」

警察に行くべきだと諭していたはずの自分が、なぜ警察の目を逃れるための入れ知恵などしているのだろうと思いながらも陽子は言った。

岬は少し考えた後、新宿までミチルを連れてくるようにと言った。陽子にまで警察の尾行がつくことはないはずだと言う。

「今からだと、二時半ぐらいになるかな。小田急百貨店の前で待ってるから」

なんて勝手な、と思ったが、小言を言う前に電話は切れてしまった。

陽子はため息をつきながら、ミチルを抱き上げた。今日は髪の毛がふわふわと逆立っている。四日ぶりの外出になるから、髪を水で湿らせて撫で付けてやろうと思った。

親が見つかったことが岬の言うように喜ばしいことなのかどうか、陽子には分からなかった。岬は親に会えば、ミチルを引き取ってもらえると考えているようだった。どうせいつものようにごり押しをするつもりだろうが、宮園という人物はミチルを捨てたのではないか。岬が考えているほど簡単に話が進むとは思えなかった。

陽子はミチルを抱いたまま洗面台に行き、水を少々手のひらにたらして髪の毛を撫でてやった。ミチルはくすぐったいのか、顔をくしゃくしゃにした。

人から人へとまるでモノのように、受け渡しをされるなんてひどすぎる。

陽子はミチルに頬ずりをした。温かくて、やさしい匂いがした。子育ての経験がない陽子にとって、ミチルの世話は気骨が折れるものだった。

だが、ミチルという子に対して、肉親めいた気持ちが湧いてきているのも事実だった。岬の言うことが本当なら、ミチルは姪《めい》の子で、自分とも血がつながっている。

リビングルームに戻って時計を見ると、一時を少し回ったところだった。急いで支度をして出なければ、岬が指定した時刻に間に合わない。

陽子はミチルを着替えさせるために、寝室に向かった。


ファミリーレストランでカツどんセットをかきこんだ後、喜多野は林とともに、霞が関に向かった。深沢岬のかつての同僚に話を聴くためだった。

深沢岬の前の職場でこれまでに得られた情報は、ほとんどないに等しかった。別の捜査員がすでに彼女の元の職場の人間の話を聞いていたのだが、彼女は同僚と個人的なつきあいを好むほうではなかったらしく、退社後の様子について知る人間はいなかった。十年近く同じ職場に勤めていれば、それなりの交友関係ができるのが普通だった。「なにしろ気が強くて扱いにくい」というのがおおかたの評価で、深沢岬という女性はかなり変わった性格のようだった。

一人だけ、彼女が親しかったという人物が浮かび上がった。それがこれから会いに行く女性記者、平木佐和子だった。

日比谷公園に面した交差点にあるビルの地下街にある喫茶店で、喜多野と林は平木が現れるのを待った。

喜多野と林が頼んだコーヒーが運ばれてきたとき、黒いスーツを着た背の高い女が入ってきた。化粧けがほとんどなく、髪形もどことなく野暮ったかった。彼女は喜多野と林に目を留めると、迷うことなく二人の席に向かって歩いてきた。

女性記者に会うということで、どことなくそわそわしていた林が、当てが外れたように肩をすくめて喜多野を見た。

平木佐和子は簡単に自己紹介をすると、少し考えてからトマトジュースを頼んだ。

「激務だから健康管理は欠かせない、というわけですか。われわれも見習わないといけないようだ」

平木は、小さな声で最近、胃の調子があまりよくないのだと言った。

「早速ですが、電話でもお話ししたとおり、深沢岬さんについて少々伺いたいのですが。会社の人に聞いたところ、もっとも仲が良かったのはあなただとか」

平木の表情が曇った。他の同僚とは違う反応だと思った。平木は手元に視線を落とした後、上目遣いで喜多野の顔を見た。

「彼女に何かあったんですか」

「ある事件の参考人として彼女を探しています。ここ数日、行方が分からないので、彼女が接触する可能性がある人に話を聞いているわけです」

「私には特に……」

平木はトマトジュースに浮かんでいる輪切りのレモンをストローで突くと、もう一度、何かあったのかと聞いた。深沢岬のことを心から心配しているのだと思った。彼女の目元は、何かにおびえているかのように、しばしば痙攣した。

記者らしくない人物だなと喜多野は思った。記者会見に立ち合ったことがあるが、たいていの記者は気性が荒く、声が大きい。女性記者も例外ではなく、むしろ男よりも威勢よく吠《ほ》え立てる。

雑談めいた話から入ったほうがよさそうだと考え、喜多野はさりげなく切り出した。

「深沢さんは最近、不妊治療について取材していたようなんですが、彼女は新聞社にいたときから、そういう方面に強かったんですか？」

首を傾けて少し考えた後、平木は言葉を選ぶように言った。

「医療はあまり経験がなかったと思います。彼女は地味なテーマをじっくり追うというより、瞬発力で勝負するタイプですから」

「あなたはどちらかというと、じっくりテーマを追うほう？」

「そうかもしれませんね」

平木はうなずくと、まずそうにトマトジュースを飲んだ。胃の調子が悪いと言っていたが、かなり具合が悪いようで、時折、顔をしかめ、腹のあたりに手をやっている。

それから深沢岬についていくつかの質問をしてみたが、はかばかしい答えは得られなかった。トマトジュースを最後まで飲むと、平木は財布を開いて代金を机に置いた。

「そろそろ仕事に戻らなければなりませんから」

立ち上がり、丁寧な仕草でお辞儀をすると、平木はそのまま出て行った。

また空振りか。

沈みかける気分を引き立てようとして、喜多野はコーヒーを一気に飲み干した。

「いったん署に戻りますか。夜はまた中野のマンションを張るんでしょう?」

「ああ」

胃が締め付けられるような感じがした。思うように捜査が進まないから、苛立っているのだと思った。それにしても、課長が言うように、たかが女一人の足取りをつかめないなんて、どうかしていた。毎晩のように、中野のマンションを張っているが、深沢岬はいっこうに帰宅する様子がない。自分がふがいないのだろうか、それとも彼女が上手なのか。だが、あんな女一人に振り回されていては、話にならなかった。

加奈の顔が脳裏に浮かんだ。今晩も、帰ってやることはできなさそうだった。刑事という職業を選んだのだから、それが当たり前だと思っていたけれど、今の自分は帰れないことを心苦しく思っている。

これがたるんでいる、ということなのだろうか。仕事への意欲が衰えているということなのだろうか。

そんなことをぼんやりと考えていたら、林と視線がまともにぶつかった。頭の中を見透かされたような気がして、舌打ちを漏らした。

「行くぞ」

喜多野は平木がテーブルに残していった小銭を伝票とともにつかんだ。

12

中原陽子は、小田急百貨店の前でベビーカーを抱くようにして立っていた。水色のワンピースを着て肩をすぼめている姿は、周囲の人ごみに埋もれてしまいそうな頼りなさだ。いつものきりりとした雰囲気は少しも感じ取れなかった。

ミチルの面倒を見ることが、彼女にとっては負担だったのかもしれない。夜は自分が面倒を見ると言っていたのに、結局、すべて陽子に任せている。深沢岬は彼女を巻き込んだことに対して、申し訳ない気持ちになった。

岬の姿を見つけると、陽子は安心したように微笑んだ。

「ごめんね、呼び出して」

ベビーカーをのぞいてみると、ミチルは首を傾けて眠りこけていた。暑さのせいか、日に当たったせいか、頬が赤くなっている。窮屈そうな姿勢だったので、首の位置を直してやると、陽子が驚いたように目を見張った。

「じゃ、行ってくる。もう迷惑をかけることはないと思うから」

ベビーカーの脇にしゃがむと、陽子は別れを惜しむようにミチルの髪をゆっくりと撫でた。

「宮園って人、ちゃんと引き取ってくれるのかしら」

陽子が独り言のように言う。

「なんとしてでも引き取らせる。いつまでも迷惑をかけられないし」

「だけど……」陽子はベビーカーにかけた手を離そうとしなかった。「あまり強引な話し方をしてはだめよ。この子がちゃんと面倒を見てもらえることを確かめてから渡すのよ」

「分かってるって」

「私、このへんで待っているわ。どんな様子だったか聞きたいから」

陽子はガーゼのハンカチでミチルの首筋を拭くと、宮園と会った後に携帯に電話をくれと言った。こんなに心配性だっただろうかと思いながらも、岬は了承した。

「ちょっと時間がかかるかもしれないけど」

陽子はデパートで買い物をして時間をつぶしているから必ず電話をするようにと言うと、ようやくベビーカーから体を離した。

スーパーエンジニアは、新宿駅の西口に最近建った高層ビルのワンフロアを借り切り、本社として使っていた。

プリントアウトしてきた資料によると、上場して三年しかたっていないが、前期の売上高は百億円を超えており、急成長している新興企業の一つに数えられているという。電機大手や製薬企業などに技術者を月単位の契約で派遣するのが主力事業で、営業利益も右肩上がりで増えていた。

プリントアウトしてきた宮園の写真を繰り返し眺めているうちに、宮園が佐藤ではないかという思いはいっそう強くなっていた。宮園の会社が入っているビルは、ホテルとは目と鼻の先であるということも、疑わしく思われた。もし自分があれだけの芝居を打つとしたら、舞台として勝手を知った場所を選ぶだろう。

いずれも宮園に会えば、分かることだった。

岬はベビーカーを押しながら、西口から都庁方面に向かって延びる地下街を歩いた。エレベーターを二十六階で降りると、ペンチを持つ手をモチーフにした明るい緑色のロゴマークが描かれたガラス戸がすぐ目の前にあった。

中に入ると、受付カウンターに座っていたショートカットの女が機敏に立ち上がり、感じのいい笑みを浮かべた。胸元に「喜沢」と書いたネームプレートを付けている。女は、ベビーカーを見咎めて、怪訝《けげん》な表情を浮かべたが、すぐに営業スマイルに戻った。

「宮園社長にお目にかかりたいんです。もしお忙しければ、秘書の方に取り次いでもらえませんか」

アポイントなしですぐに会える相手ではないことは承知しているけれど、秘書にメモを渡してもらえば、宮園が平静でいられるはずがないと思った。即座に呼び入れてもらえるかもしれない。彼は、自分の素性が分からないと高をくくって、むちゃくちゃなことを言ってきたのに違いない。こっちが相手を知っているとなれば、態度をころっと変えるはずだ。

喜沢はマスカラをこってりと塗ったまつげを瞬くと、「少々お待ちくださいませ」と言って受話器に手を伸ばした。

内線電話で一言、二言小声で話すと、喜沢は申し訳なさそうに頭を下げた。

「あいにく秘書の者も、今、来客中です。お名刺をお預かりいたしますので、今日のところは……」

「それでは、秘書の方の手が空くまで待たせていただきます」

喜沢は虚を突かれたように、口元をだらしなく緩めた。

そんな無理を言われたら、困ります。薄い紫色に縁取られた瞳が、そう訴えかけていた。

「あそこのソファで待ってますから、秘書の方の手が空いたら声をかけてください」

そういって背を向けかけたとき、喜沢が意外にも毅然《きぜん》とした口調で言った。

「それは困ります。とにかく今日のところはお引き取りください」

その言葉を聞いたとたんに、頭に血が上った。

困っているのはこっちのほうだ。朝から都内を駆けずり回り、汗だくになった。それだけではない。ここ何日か、まともに仕事ができないどころか、家にも帰れない日が続いている。それは全部、宮園のせいではないか。ようやくトラブルの元凶にたどり着いたというのに、こんな人形みたいな女に、門前払いを食わされるのは我慢ができなかった。

岬はカウンターの端をつかむと、喜沢をにらみつけた。

「待つのはこっちの勝手でしょう。あなたは私の言ったことを秘書室に伝えて」

喜沢が怯《おび》えたように体を後ろに引いた。それでも、彼女は勇気を振り絞るように口を開きかけたが、岬はベビーカーを押して、カウンターと向かい合うように設置されているソファにわざと音を立てて座った。

喜沢が再び内線電話の受話器を持ち上げ、小声でしゃべり始めた。おおかた上司にでも泣きついているのだろう。

電話を切ると、喜沢は、別室に移ってほしいと告げた。岬はそれを断った。そのほうがしかるべき人間が早く姿を現すと思ったからだった。

だが三十分、一時間待っても、秘書は現れなかった。その間、何人かの来客があった。みな、きっちりとしたスーツを着込んでいた。彼らは、ジーンズにシャツという軽装の女が、ベビーカーを脇に止め、脚を組んでソファに陣取っている様子をちらちらと横目で見た。そのたびに喜沢の表情が百面相のようにめまぐるしく変わった。

「あの……。申し訳ありませんが、お引き取りを願えませんでしょうか」

喜沢がカウンターから出てきて、岬に向かって遠慮がちに切り出した。どうしていいのか分からずに、軽いパニックを起こしていることが、手に取るように分かった。

「私も早く用事をすませて帰りたいわ。もう一度、秘書室に電話をしてもらえませんか。来客、そろそろ終わった頃でしょう」

喜沢は泣きそうな顔をしたが、小さく「はい」と言うと、カウンターの電話に向かい、見えない通話相手に向かって何度も頭を下げた。

しばらくすると、銀縁の眼鏡をかけた痩せた男が、廊下の向こう側から歩いてきた。男は岬のところにまっすぐ来ると、名刺を出そうともせずに、腕組みをした。

「いったいあなたはなんなんですか。いきなり押しかけるなんて、非常識じゃありませんか」

男は金属的な声で言うと、ベビーカーを横目で見ながら唇をへの字に曲げた。

「お宅の社長に用事があるんです。深沢が来たと伝えてもらえば分かります」

「宮園とはどういうご関係ですか」

「深沢と言えば分かるはずです」

背後で自動ドアが開き、ビジネススーツを着た初老の男が入ってきた。そのとたんに、男の体がバネじかけの人形のように弾んだ。

「部長！　わざわざお運びいただきまして申し訳ありません。お待ち申し上げておりました」

「ああ、石本さん。何をおっしゃいますやら。専務さんから直接電話をいただいたんですから、駆けつけますよ。ナンバーツーのお呼びじゃないですか。そうだ、今晩ちょっとどうですか？」男はビールのジョッキを傾けるしぐさをした。「こう暑いと仕事ばかりやっておれませんから」

二人は顔を見合わせながら、声をそろえて快活に笑った。銀縁眼鏡の男が石本という名で、それなりの地位にあることがこれで分かった。

石本は喜沢に向かって、男を専務の部屋に連れて行くように指示を出した。

男が十メートルほど離れたことを確かめると、石本はまるで仮面を脱ぎ捨てたかのように遠慮なく顔をしかめると、岬に向き直った。

「ま、とりあえず用件を聞いておきましょうか」

「では、深沢岬がお嬢さんを連れてきたと伝えてください」

石本は中腰になり、無遠慮な視線でベビーカーの中を見た。

「この子のことですか？　それだけでは、何のことだか」

「詳しい話は、本人にしたいんです」

石本は肩をすくめた。

「ご存じのとおり、ここは会社ですからね。プライベートな問題を持ち込まれてもねえ」

石本の目は、侮蔑するように細められていた。口元には下卑《げび》た笑いさえ浮かんでいる。岬の頬が熱くなり、無意識に顔を伏せていた。彼が何を考えているのか、分かったのだ。

「とにかく、伝言はお預かりしましたから、今日のところはこれで」

「だから、今すぐ社長に伝言メモを渡してください。あるいは、何時になったら体が空くのか教えてください。私だって、遊びでこんなことやっているわけじゃありません」

「これは何か新手の嫌がらせですか」

「嫌がらせをしているのは、お宅の社長です」

うんざりさせればいい。そして相手が痺《しび》れを切らして、社長にメモを持っていくのを待とうと思った。まるで居直り強盗だが、そのぐらいのことをしなければ、多忙な人間には会えない。

「さあ、早く」とせっつくと、石本は、外国人のように両手を広げて天井を見た。芝居がかった気障《きざ》なしぐさだった。

「喜沢くん、警備を呼んでくれ」

「はいっ」

喜沢がさっと受話器を持ち上げた。

「話、終わってないわよ！」

岬は廊下を歩き出した石本に駆け寄ると、腕をつかんだ。石本が怒ったような声を上げたが、このまま彼を帰すわけにはいかなかった。岬は必死で石本の腕にしがみついた。そのとき、背後から強い力で肩を引っ張られた。振り向くと紺色の制服に身を包んだガードマンが立っていた。がっちりとした体格の、かにのような顔をした男だ。

「お引き取り願えますかね」

しわがれた声でガードマンが言った。固い腕を振り払おうと体を闇雲に動かしたが、力の差は歴然としていた。その間に、石本の背中はみるみるうちに遠ざかっていった。

「ちょっと待ってよ！」

大声を出しかけたら、硬い手のひらに口をふさがれた。

カウンターから喜沢が岬を見ていた。ピンクの口紅を塗った口元に、嘲笑《あざわら》うような笑みが浮かんでいた。悔しさで、体中がほてった。岬は腕を振り回そうとしたが、男の力は強く、身動きが取れなかった。

「さあ、早く出るんだ」

かに顔の男が、右手で岬の腕を引っ張りながら、左手でベビーカーを押した。

外に出ると岬は携帯電話を取り出した。中原陽子がやきもきしながら連絡を待っているはずだったが、すぐに電話をかける気にはなれなかった。彼女の不安が的中したとは、さすがに言いにくい。

高層ビル街にあるセルフサービスのオープンカフェに寄り、アイスコーヒーを買った。

パラソルの下の席に着くと、やり方が強引すぎたのだろうか、と反省してみた。でも、正式にアポイントを申し込んでも、何日も待たされるのが落ちだろう。押しかけたのが悪いとは思わない。

それに一度失敗したぐらいで、なぜ弱気になる必要がある。肝心なのは粘りだ。あきらめないという執念だ。虫けらのように摘み出されたぐらいで、落ち込むほど、自分は繊細にはできていない。

それに名刺は残してきた。石本という秘書から話を聞けば、宮園だって平静ではいられないはずだ。宮園は会社を興し、短期間の間にあそこまでの規模に成長させた。こっちが相手のことを知ったと分かれば、なんらかのリアクションをしてくるように思えた。一国一城の主が、計算ができないなんていうことはないはずだ。

そう思ってはみても心の中の不安を完全にぬぐい去ることはできなかった。

佐藤と名乗る男からは依然として電話はかかってこなかった。逃げているのだ、と今でははっきりと分かる。

宮園に一刻も早く会うことだと思った。そして、自分が簡単に泣き寝入りをするような人間でないことを、思い知らせなければならない。

悪いけれど、陽子にミチルを任せて、もう一度あのビルへ行こうと決めた。待ち伏せをするには、ミチルは足手まといだった。

プラスチックのカップに入ったアイスコーヒーを飲みながら、ベビーカーを引き寄せた。ミチルは眠りから醒め、しきりに目を瞬いていた。眠そうだった目が、次第にはっきりと見開かれた。

岬の顔を彼女の視線が捕らえた。その瞬間、はじけるような笑顔が、小さな顔いっぱいに広がり、アーモンドのような目が、かまぼこのような形に変わった。

ミチルは岬に向かって、両手を伸ばしてきた。意味不明な言葉を楽しそうにつぶやいている。

知らず知らずのうちに、岬はミチルの脇の下に両手を入れて抱き上げた。ミチルの目が、三日月のように細くなった。

はっと胸を衝かれたような気持ちがした。その次の瞬間、心の中にずっと居座っていた固いしこりのようなものが、解けていくのを岬は感じた。

笑うと目の形が変わってしまうのが子どもの頃から嫌だった。まるで漫画のキャラクターのようで、格好がつかないと思っていた。

その特徴が、この子にも受け継がれているらしい。遺伝の不思議を目の当たりにした気分だ。

ほかにも似ているところがあるように思えてきて、岬はむさぼるようにミチルの顔を観察した。

眉も形が似ている。まだ薄いけれど、緩やかなアーチを描き、しっかりと瞳を縁取っている。そして耳。耳たぶが薄いくせに大きい。

人間の遺伝情報はＤＮＡという物質に書き込まれているという。そのうち半分が、自分の体からこの子に伝わった。そのことが初めて実感として分かった。

自分の分身、ということになるのだろうか。

ミチルが再び笑った。

岬はミチルをしっかりと抱いた。

少し汗ばんでいる体は温かく、甘酸っぱい匂いがした。今はなぜかいやな臭いだとは思わなかった。それどころか、どこか懐かしい感じがする。長く忘れていたものが、突然手元に戻ってきたような感じがした。

ミチルが苦しそうな声を上げたので、急いで体を離し、膝に載せて髪を撫でた。ふわふわとした感触が心地よかった。

自分に責任はない。今もそう思っている。だけど、この子は自分の分身だった。自分の中に突然、湧き上がってた複雑な感情を消化しきれず、岬は泣きたいような気分になった。

ミチルが何かを言いながら、強い力でしがみついてきた。小さな手が岬の胸元をつかみ、柔らかな頬が喉元に押し付けられた。

物心がついて、自分の出生と今回の一連の騒動について、ミチルが知ったらどう思うだろう。しかも、何があったのかは、いまだに謎に包まれている。

とにかく、宮園と話さなくてはならない。何があったのか、彼女のためにもはっきりさせたい。そして、彼には責任を取らせなければならない。どういう形の責任になるのか、よく分からないけれど、とにかく、彼女をつくり出しておいて、いらなくなったら捨てるというのは、あまりにも勝手だった。

だけど自分はなんなのか——。

岬は、初めて自分がやったことについて客観的に考えてみる気になった。自分が卵子を売らなければ、こんな運命を、彼女に背負わせることはなかった。あなたにも責任がないとは言えない。以前、陽子に言われた言葉が、重くのしかかってきた。

そのとき電話が鳴った。陽子からだった。

いったい誰が悪いのか。自分はミチルのことをどう思っているのか。整理のつかない気持ちを持て余しながら、岬は自分に言い聞かせた。とにかく宮園に会うことだ。陽子には悪いけれど、あと一日か二日、ミチルを預かってもらうつもりだった。

岬はミチルをベビーカーに座らせると、電話の通話ボタンを押した。

かすかな靴音が聞こえた。それは次第に岬がいる場所から遠ざかり、やがて自動車のドアを開ける音、そして閉める音が聞こえた。エンジン音が響き、遠ざかっていく。

岬はコンクリートの柱に背を持たせかけると、首筋のあたりを揉んだ。もう何時間もこうして立っている。膝がだるくてしかたなかった。新宿駅でミチルを陽子に預けた後、再びスーパーエンジニアの本社が入っているビルに戻ってきた。何が何でも宮園を捕まえるつもりだった。

会えないなんて言い訳をするな。

記者だった頃、先輩に言われたことを思い出す。まともな方法で会ってもらえなかったというのは、会えない理由になどならない。会う方法を考えることも、仕事のうちだった。

柱から数えて五つ目の駐車スペースには、品川ナンバーのグレーのベンツが停まっている。磨きこまれたボディが、滑らかな真珠のような光沢を放っていた。あとの三台は、値段のそうはらない国産車だった。ベンツが宮園の使っている車だとめぼしをつけた。

巨大なオフィスビルの駐車場は、地下二階から四階までの三層構造になっていた。千台ぐらいは駐車できるのではないかと思われた。その中からたった一台の車を探しだすのは難しそうだと思ったから、駐車場の係員にスーパーエンジニア社の駐車スペースの位置を聞き出した。

すぐ近くで靴音が聞こえた。腰をしゃんと伸ばし、柱の影に身を隠して、歩いてくる人影に目をこらした。

薄暗い蛍光灯の光に浮かびあがった影は、男のもののようだ。相手の顔の輪郭が、次第にはっきりとしてくる。

男は窮屈そうな上着を着て、膨れ上がったショルダーバッグとカメラらしきものを肩からぶら下げ、せかせかとした足取りで近づいてくる。

男は岬に気づくと、金属フレームのまるい眼鏡を中指で押し上げた。照明に照らし出された丸顔は、宮園とは似ても似つかなかった。細い目と、女のようにふっくらとした唇。幼さを残しながらも、ずるさを感じるアンバランスな不思議な顔立ちをしていた。

岬は柱に背を持たせかけて、男が行き過ぎるのを待った。が、突然男のほうが声をかけてきた。

「深沢さんじゃないの？」

突然、名前を呼ばれてぎくりとした。男は馴れ馴れしく微笑むと、近づいてきた。

「ちぇっ。宮園を追っているのは、ウチだけだと思ってたのに」

その言葉で、彼が誰だったかを思い出した。

「大野さん、ですか」

「かなり太ったからなあ。みんな別人みたいだって言うよ」

大野は悔しそうに唇を尖らせると、グレーのベンツを見た。

「だいぶん待ってるの？」

「ええ、まあ」

答えながら岬は、考えを巡らせた。

大野は経済紙の記者で、一時期、同じ記者クラブで働いていたことがあった。彼が宮園を追っているということは、会社に何か動きがあったからと考えるのが自然だった。例えば合併とか、買収とか、あるいは社長交代とか……。少なくとも、大野は宮園の家族関係などのスキャンダルを追うような立場にはいないはずだった。念のために岬は、大野の現在の部署について尋ねてみた。

「ご覧のとおり、社長連中を追っかけまわしている。深沢さんも、最近、こういう分野をやっているの？　フリーになったってことは、だいぶ前に聞いたけど。ミクロ取材もわりと面白いでしょう。最近、話題が多いから食うのにも困らないだろう」

「まあ、いろいろとね」

適当に相槌《あいづち》を打ちながら、岬はなぜここに大野がいるのかをさらに考えた。

大野が名刺を出せば、会社の広報は喜んで宮園とのアポイントをセッティングするように思えた。新興企業の経営者にとって、大野が勤めている経済紙に宮園のインタビュー記事が載れば、何十万、何百万円とかけて広告を出すよりも宣伝効果ははるかに高い。それなのに、大野はこうやって駐車場を張っている。ありきたりなネタを追っているわけではないと思った。

大野が何をつかんでいるのか、気になってしようがなかったけれど、彼は簡単に口を割るような人間ではなかった。こっちも情報を持っていることをさりげなく知らせ、小出しに教えてやり、それと引き換えに彼が持っている情報を出させるしかない。

おあつらえ向きのネタが一つあった。新聞のデータベース検索で出てこなかったから、公表されていないはずだ。

岬は大野に体を寄せると、そっとささやいた。

「宮園社長の奥さん、自殺だったみたいですね」

大野が、ほう、というように唇を丸くすぼめた。

「へえ、そうだったのか。死因どころか死んだことさえ公表しなかったから、妙だとは思っていたんだけれど、そういう事情だったのか。宮園さんがやる気をなくすのも無理はないか」

「社長交代ですかね。私は雑誌だから、大野さんと直接、競合しないでしょう。情報交換しませんか。私は専務が昇格って聞いているけれど」

「へえ。なるほどね。でもその前に問題は宮園だよ。何日か前から、会社に全く姿を見せていない」

周囲の空気が動きを止めた。動揺を悟られないように、あたりの様子を伺っているふりをしながら、相槌を打った。

「石本っていう秘書が必死に取り繕っているけれど、これだけ会えないというのは、どう考えてもおかしい。自宅はもぬけの空だし、もう何日もこの駐車場で張っているのに、さっぱり姿を現さない。来月初めに、この前、俺がニュースで書いた競合企業の買収が本決まりになるから、休んでいる場合ではないはずだし」

行方不明、ということなのだろうか。

「ところで深沢さんはどこの週刊誌に記事を出すの？」

「まだ正式に決まっていないから……」

「まあ、どこでもいいけどさ、へんなタイミングで飛ばさないでくれよな。憶測記事にしたって、いろいろ大変なんだ」

大野は右手で拝むようなしぐさをした。

岬は平静を装いながらうなずいた。

「やばい、石本だ！　俺、あいつが苦手なんだ。またな」

大野は小声で言うと、素早く岬に背を向け、石本とは反対の方向に向かって歩き出した。

石本は重たそうな手提げ鞄をぶら下げて、一人で歩いてくる。

岬も、石本に用はなかったので、大野の後を追った。

大野は優秀な記者だった。彼が宮園の行方をつかめていないとすると、自分もまた、宮園の居場所を突き止めるのは、並大抵のことではないように思われた。

でも、本当に行方不明なのだろうか。だとしたら、何かが起きているような気がした。ミチルが不可解な生まれ方をした。そして、宮園春香が自殺した。前川医師は殺され、宮園康介は行方が分からない。おかしなことが起こりすぎている。人が死んだりいなくなったり……。偶然だと片づけられないものを感じる。何かつながりがありそうだ。

宮園夫妻が、自分から採取した卵子を使って体外授精をして、その結果生まれたのがミチルだと思っていた。だけど、それだけではないのかもしれない。

ミチルの生まれた理由は、もしかするともう少し複雑なのかもしれない。いいところまで迫っていると思う。それでも、永遠にゴールまでたどり着けないような気がしてくる。いったん何かを掴みかけたと思っても、それは砂が指の間から滑り落ちるように、自分の手から離れていく。

今日はあまりにもたくさんのことがありすぎた。朝、平木に会ってから今まで、動き通しだった。これ以上、歩き回る気力はなかった。いったん情報を整理して、これからどうするべきか、じっくり考えたほうがよさそうだった。

ホテルに引き上げる前に、早めの夕食をとることにした。

京都が発祥の地であるチェーン店に入り、油染みたカウンターの前に腰をかけると、ワンタンメンと餃子を頼んだ。少ししてから、ワンタンと餃子を一緒に頼むなんて、馬鹿なことをしたものだと、自分に呆《あき》れた。

隣の席では、汗を吸ってくたっとした上着を着たサラリーマンが、夕刊を広げながらラーメンを啜《すす》っていた。男は派手な音を立てながら新聞を捲《めく》った。東都新聞だなと思いながら、何げなく紙面に目をやった岬は、席から飛び上がりそうになった。

『産婦人科医殺人事件　フリーライターが関与か』

男から新聞を奪い取りたかったが、そうもいかなかった。ほかに新聞はないかと思って、カウンターの下にある棚を探った。ライバル紙があったので社会面を広げてみたが、産婦人科医殺人事件については、一行も記事は載っていなかった。

やる気のなさそうな声とともに、ラーメン丼と餃子の皿が目の前のカウンターに置かれた。食欲などとっくに失せていたが、不審に思われるような行動を取りたくなかったので、岬は猛スピードでそれらを片づけた。すぐに上顎《うわあご》の粘膜に水ぶくれができた。味も何も分かったものではなかった。

店を出ると、新宿駅に走った。目についた最初のキオスクで東都新聞の夕刊を買い求めた。すぐさま社会面を開く。短い記事だったが、前文の最後の一行に目が釘付けになった。

『警察は事件当日、被害者の死亡推定時刻の前後に現場を訪れたフリーライターが事情を知っているとみて行方を追っている』

事情を知っているというのはそのとおりだったけれど、これではまるで、自分のことを怪しいと言っているようなものだった。警察が参考程度に話を聞くつもりなら、こんな書かれ方はしないはずだ。それどころか、情報だって出すはずがない。

予想していた以上に厳しい状況に追い込まれていることを岬は悟った。それなのに、宮園は行方不明で、どうやって見つけ出せばいいのかも分からない。

新聞を畳み、バッグに入れると、ちょうど携帯電話が鳴った。平木佐和子からだった。彼女の名前を見た瞬間、怒りが湧き上がってきた。

「深沢さん、どこにいるの？　警察に行って事情を説明したほうがいいわ」

「あなた、私を売ったのね」

声が震えるのを止めることができなかった。これは仕返しなのだ、と思った。昼間はあんなに物分りがよさそうな顔をしていたのに。結局、彼女も新聞記者だったということか。油断させておいて相手を後ろからばっさりと切る。そんなことが、彼女にできるはずがないと思っていた自分が、甘かった。

「ああ、夕刊を読んだのね。でも私じゃない」

「だったら誰が！」

「警察が会社であなたのことを聞きまわっている。話を聞かれた社会部の記者が警察を逆に取材して記事を書いたみたい」

その言葉を聞いて、岬はようやく冷静になった。いったん出てしまった記事を差し戻すことはできない。今さら腹を立ててみてもしようがない。それにしても記事を書いた記者が恨めしかった。昔の身内の仕打ちが骨身にこたえた。

「私のところにも警察の人が来た。適当にごまかしておいたけれど、喜多野っていう刑事、悪い人じゃなさそうだった。彼に話してみれば」

「そんなこと……。のこのこ出かけていったら、どんなことになるか」

「何を言ってるの！」

平木が声を荒らげた。普段の彼女からは想像もできないほど激しい声だった。

「頭を冷やしなさいよ。やっていないんでしょう。だったら、たとえクリニックに行っていたとしても、殺したっていう物証は出ない。警察だって、証拠もなしに人を逮捕したりしない」

岬は奥歯を嚙み締めた。

本当にそうだろうか。平木のように他人を信じることなんて、できそうもない。ましてや相手は、会ったこともない人間だった。もし、警察が容疑者を挙げるのに四苦八苦しているとしたら、自分を犯人に仕立て上げようとする可能性だってあるのではないか。

これが自分の限界なのだろうか、と岬は思った。他人を信じられないから、自分を追い込んでしまうのだろうか。

でも、どっちにしても警察には行けない。ミチルのことがあった。彼女のことを知られるわけにはいかなかった。取り調べを受けたとき、彼女のことをごまかし通す自信がなかった。

「余計なことをしないで。真犯人が捕まるまで、私、逃げるから」

平木が何か言ったようだが、そのまま携帯電話を切った。

平木は自分のことを警察に話すだろうか。脅しに屈しないと分かった以上、彼女を止める手立てはないと思った。泣き落としだって、何度も通用するとは思えない。

周囲は帰宅を急ぐ人たちでごった返していた。携帯電話を手に持って立ち尽くしている自分がひどく場違いなところにいるように思えた。これからどうするべきか分からなかった。

だけど、これからが自分にとって正念場になる。

ホテルを変えたほうがいいかもしれない。新宿に留まるのは考えもののように思えた。ホテル探しから始めるのか。

体を休められるのは、夜になってからだなと岬は寂しく思った。

13

小野田真は顕微鏡の対物レンズから目を離した。午前中からずっと頭痛がしていた。アパートに帰ってふとんにもぐりこみたかったが、これ以上、職場に顔を出さないと、同僚や上司に怪しまれるのではないかと心配だった。

片づけなければならない仕事もいくつもあった。京都で開かれるワークショップで発表する際に使うパワーポイントはまだ完成していない。できれば付け加えたいデータもあった。

発表は完璧でなくてはならない。これまで自分のことを侮ってきたやつらを唸《うな》らせるためには、ひとつの隙も見せるわけにはいかない。どうせやつらはねちねちと細かな質問を投げかけてくる。

小野田は壇上で講演する自分の姿を脳裏に描くことで、自分を励まそうとしたが、その試みはあまりうまくいかなかった。

目がかすみ始め、小野田はこめかみのあたりを強く指で押した。それだけで目の調子はぐっと良くなったが、集中力を取り戻すことはできなかった。

前川のクリニックで会った深沢岬という女のことが、頭から離れない。彼女をあのまま放置しておいてもよいものかどうか、判断がつかなかった。

彼女が自分と前川との接点を突き止めたら、警察の追及の手が伸びてくる恐れがあった。接点が簡単に分かるとは思っていない。それでも、あの女は、フリーライターだった。職業柄、調査をするのは得意なのではないか。

誤算だったと思う。留守番電話のメッセージを聞いたときは、ただの患者だと思って甘く考えていた。マスコミ関係の人間だと知っていたら、会うようなことはしなかった。

だが、今さらあれこれ考えても無駄だった。

あの日から、二時間に一回ほどの頻度でインターネットを検索をして、自分に関係するニュースが報じられていないかどうか、細かくチェックしている。

東北地方のローカル紙まで含めてくまなく調べているが、あの男の死体はまだ見つかっていないようだった。最初の殺人から足がつくという心配は今のところはない。

問題は前川のほうだった。昨日の夕刊に、フリーライターの女を参考人として追っていると書いてあった。

警察が深沢岬を追っているのだ。

捜査を霍乱《かくらん》できるのではないかと考えて彼女の名刺を前川のポケットに突っ込んでおいたのだが、今となっては、その判断も正しかったかどうか確信が持てない。むしろ、ミスだったようにも思えた。

新聞記事によると、深沢岬は警察から逃げ回っている。だが、素性が割れているのだから、彼女はいずれ捕まるだろう。警察が彼女を容疑者だと思ってくれれば、問題はなかった。だが、彼女は当日、前川ではない男がクリニックにいたと説明するだろう。

警察が彼女の説明を信じたとしても、自分と前川の接点がそう簡単に分かるはずはないと思った。でも、深沢岬はどこまで知っているのだろう。一介のフリーライターに過ぎないのだから、たいした調査能力があるわけではないと思いたかったが、考えれば考えるほど不安が募り、いてもたってもいられないような気分になる。

小野田は首を回して自分のデスクのほうを見た。デスクの脇には、いつも持ち歩いている黒い鞄が置いてあった。鞄の中に入っているロープのことを思い浮かべた。前川を殺害したときに使ったもので、軍手をつけて扱ったから指紋は付けていない。

このロープを深沢岬の鞄の中にでも突っ込んでおけば、前川殺しの犯人に仕立て上げられる。あの場所を訪れ、凶器を持っていたとなれば、警察は彼女を引っ張る。やるなら今しかないと思う。深沢岬が警察に拘束されてしまったら、その機会は失われる。

それでも小野田には迷いがあった。うまくいけば、自分は安全地帯に逃れられるけれど、失敗したら墓穴を掘ることになる。彼女が前川と自分の関係について、全く気づいていないのならば、あえて危険を冒す必要はないのではないか。

そこでいつも、小野田の考えは堂々巡りをするのだった。

やるべきなのか。それとも、このままじっとおとなしくしているべきなのか。獰猛な肉食獣に追われ、洞穴に身を潜めている小動物のような気分だ。

やるとしたら、一気にけりをつけたほうがいいに決まっている。だが、本当にそれが自分を安全地帯へと導く最良の策なのだろうか。

迷うばかりで先に進めない自分に喝を入れるため、小野田は右手の拳《こぶし》で、左手を勢いよく叩いた。

少なくとも、深沢岬がどこまで自分に近づいているのか、確かめておく必要はあるだろう。

明日の課題だなと思いながら、小野田は座ったままで上半身を大きく反らした。

そのとき、背後から笑いを含んだような声が飛んできた。

「小野田さん、どうしたんですか？　ぼーっとしちゃって」

振り返ると、若い研究員が、屈託のない微笑を浮かべながら立っていた。

「ちょっとまだ体調がな……」

博士号を取得して間もない彼は、鞄を手にしていた。小野田は壁にかかった時計を見た。まだ五時になったばかりだった。

「うち、先月、子どもが生まれたばかりなもので、女房が早く帰ってこいってうるさいんですよ」

聞きもしないのに、研究員は照れくさそうに言った。

「大変だな」

「そういえば、さっき牛舎に行ったら小野田さんの牛、なんだか具合が悪そうでしたよ。帰る前に見ておいたほうがいいんじゃないですか」

「ああ、そうか。最近、ちょっと手が回らなくてな」

小野田の言葉など耳を素通りしてしまったようで、研究員は軽く頭を下げると、スキップでも始めそうな軽やかな足取りで去っていった。

小野田は彼の姿を目で追った。どちらかというと小柄な部類に入る彼の背中が、やけに大きく見えた。

彼の住まいは決して贅沢ではないはずだ。だが、そこには彼を待っていてくれる妻と赤ん坊がいる。たぶん、夕食も。そして彼は妻と二人ではしゃぎながら、赤ん坊の世話をするのだろう。おしめを替えたり、風呂につからせたり。愚痴を言いながら、楽しそうに。

小野田自身も、二十年前にはそんななんでもない暮らしを思い描いていた。ついに叶うことがなかったのだと思うと、ふいに、言いようのない寂しさがこみ上げてきた。

14

早稲田署の捜査本部では、捜査一課長が苦りきった表情を浮かべていた。西早稲田産婦人科医殺人事件は、発生から三日たった現在でも、有力な手がかりは何一つ得られていなかった。朝の会議に顔をそろえた捜査陣は、誰もが疲れきったような表情を浮かべていた。

「深沢岬はまだ見つからんのか」

課長が憮然とした表情を浮かべながら言い、喜多野はほかの捜査員たちと一緒に、黙ってうつむいた。

「だいたい昨日の東都の夕刊はなんだ。あんな情報がおおっぴらになったら、深沢はますます警戒するだろうが」

「それは……」

深沢岬の元上司の聞き取りを担当した刑事が、立ち上がりかけた。彼の頰は蒼白だった。

深沢岬の交友関係などについて詳しく聞き出すためには、相手にもある程度は事情を話さなければならなかった、と彼は言った。元の部下をかばうようなそぶりも見せていたから、まさか記事になるとは思わなかったという。

東都新聞はそのときに得た情報を基に、捜査線上に彼女が浮かんでいることを書き飛ばしたのだ。

喜多野はその刑事に対して、同情は覚えた。だが、甘いとしか言いようがなかった。

「まあいい。それより鑑識から新しい結果を報告してもらう」

鑑識課の男が立ち上がり、喜多野は手帳を広げた。

犯行現場となった院長室からは、十人を超える人間の指紋が採取された。髪の毛も、詳しく分析中だが、おそらく十人分はくだらないという。クリニックのスタッフの証言によると、前川は患者や知人と会う際に、あの部屋を使っていたようで、出入りした人間が多岐にわたっているのは、自然なことと言えた。

「ただし、あの部屋で採取された指紋の中に、深沢岬の名刺にあった指紋と一致するものはありませんでした」

現場に指紋はなし、と喜多野は手帳に書きとめた。

前川の書斎に入った人物を洗い出し、身元不明の指紋を特定すること、クリニックのスタッフから診療上のトラブルについて再度話を聞くことなど、その日の段取りを確認すると、会議は解散となった。

部屋から出ようとしたとき、課長が喜多野を呼び止めた。よくない話であることは、眉間に深く刻まれた皺の様子から分かった。

「昨日の夜も割に早く帰ったようじゃないか」

「いえ、私は……」と言いながら、喜多野は唇を噛んだ。加奈の様子が気になってしようがなかったから、十一時過ぎに張り込みの現場から引き上げたのだった。

「そんなに家のことが大事なら、もっと考えるべきだな。警察にはいろいろな仕事がある」

吐き捨てるように言うと、課長は喜多野に背を向けた。

「気にすることなんてありませんよ。あんな気分屋で時代遅れのおっさんが言うことなんか、無視すればいいんです」

林が憤慨するように言った。

喜多野は無理に笑った。

「そうだな。それより、早く出よう」

セントメリーズ病院に着くと、院長室に直接出向いたが、またもや荒木に会うことはできなかった。院長室の前にある小部屋で、喜多野たちの応対をした秘書が、今度は熊本に出張中で、戻りは二日後になると冷ややかに告げた。

「お宅の病院は、出張がやたらと多いようですね。企画の青井さんも、海外だそうで」

皮肉交じりに言うと、秘書が長い髪をゆすりながら首を傾けた。

「青井は単に休暇を取っているだけだと思いますけど。あの人が海外になんて出張する用事はないはずです」

喜多野と林は顔を見合わせた。

荒木にいっぱい食わされたと理解した瞬間、喜多野は素早く周囲を見回した。秘書の背後の書棚に、職員録と背表紙に書かれた冊子があった。

それに飛びつき、ページを捲った。

「何をするんですか！」

悲鳴に近い声を秘書が上げ、冊子を奪い取ろうとしたが、名簿の一番最初のページにあった青井の名はすぐに見つかった。住所を頭に叩き込むと、「失礼」と秘書に一声かけて、部屋を走り出た。林があわてて後を追ってくる。

車に乗り込むと、喜多野は郊外のベッドタウンの名を林に告げた。

「あのうらなりのやつ……」

「外環を使えば、一時間もかかりませんよ。こってり絞ってやりましょう」

林は楽しげに笑うと、車を発進させた。

青井の自宅は、最寄の私鉄の駅から歩いて三十分はかかると思われる場所にあった。沿道には畑が広がり、日光をたっぷりと吸い込んだトマトがたわわに実っていた。

チャイムを押すと、青井本人がドアを開けた。喜多野と林のことを即座に思い出したようで、下膨れの顔が真っ赤になったかと思うと、頬が小刻みに震えだした。

「深沢岬について、話を聞かせてもらえませんか」

廊下の奥から、太った女がエプロンで手を拭きながら顔を出し、問いかけるように青井の顔を見た。

青井は喜多野の顔を見上げると、泣き笑いのような表情を浮かべた。「外に出ましょうか」と喜多野が言うと、青井は観念したように首を縦に振った。

自宅から歩いて五分ほどのところにある公園に二人を案内すると、青井はベンチに腰をかけた。喜多野ははやる気持ちを抑えながら、ゆっくりと青井に話しかけた。

「深沢岬さんが、何を調べていたのか、それを詳しく伺えませんか。不妊治療の取材ということでしたが、もう少し具体的に」

青井は口元を手で覆うと、苦しげに息を吐いた。

「あなたを責めようってわけではないんです。何があったのかを知りたいだけです」

「私は何も……。あの、そういうことは院長に聞いていただけませんか」

「あいにく出張中だそうです。それに私はあなたにお尋ねしているんです。以前、お邪魔した後、深沢岬が院長室に入っていきましたよね。そのとき、どんな話をしたのですか?」

青井は眉をぎゅっと寄せ、膝の上で両手の拳を握り締めた。

「人が一人、殺されているわけですよ。あなた一人が隠そうとしたって、真相は明るみに出る」

青井の視線が泳いだ。もうひと息だった。

「ここは病院ではありません。あなたから話を聞いたことは誰にも言わないし、必要以上のことも聞きません。深沢岬が何を調べていたのか。私が知りたいのはそれだけです」

青井は顔を上げると、何かを吹っ切るかのように、頭を軽く振った。そして、深沢岬が去年の三月一日に卵子の採取を受けた患者について、調べていたと告げた。

「目的はさっぱり分からないんです。ですが、宮園春香というその患者を受け持っていたのは、前川先生でした」

林が驚いたような声をもらした。喜多野も、興奮を抑えることができなかった。壁が崩れ始めたという手ごたえを感じた。胸のつかえが嘘のように消えていく。この感覚が好きだと喜多野は思った。すぐにでも、課長に新事実を突きつけてやりたかった。

いったん話し始めると、青井の舌は滑らかに動いた。これまで心の中に無理に押し込めてきたものが、一気に噴出してきたようだった。

「でも、おかしいんです。前川先生は当時、不妊治療の担当ではなかったんです。それに、ずっと気になっていたんですが、深沢さんは最初に病院に来たときに、自分が卵子の採取を受けたようなことを言っていました。それなのにどうして宮園春香さんのことを知りたがったのか」

宮園春香という女性について調べてみる必要がありそうだった。

喜多野は青井に丁寧に礼を言うと、立ち上がった。

「あの、私はこれから……」

「我々と会ったことは、言わなくていい。院長に指示されたとおり、休暇を消化してください」

青井は弱々しく笑った。それでも、彼の目は明るさを取り戻していた。

新宿西口にある高層ビルの二十六階のロビーで、喜多野と林は三十分も待たされた。その揚げ句、通された応接室で二人を待っていたのは、宮園康介本人ではなく、秘書の石本という男だった。

スカイブルーのネクタイをして、髪をきれいにとかしつけている。いかにもエリート然とした男だった。

「込み入った話でしてね。社長に直接お目にかかりたい、と申し上げたはずですが」

「ちょっと体調を崩して、休みを取っているんです」

「どちらかに入院しているのですか。なんなら、そこに伺いましょうか。ちょっと話を聞くだけですから」

石本がかぶりを振った。

「それは困ります……。静かなところで面会も断って療養しているものですから。体調が戻ったら、必ず連絡をしますから、今日のところは勘弁していただけないでしょうか」

石本の物腰は、落ち着き払っていた。だが、逆にそれが彼の言葉を嘘臭く感じさせた。抜け目なく想定問答集を作り、それに従って答えているような気がした。

「心労ですか？　ここのところ不幸が続いていたようですからね」

石本は目をしばたたくと、神妙な表情を浮かべてうなずいた。

宮園康介は不幸のどん底にいるものと思われた。彼の妻、宮園春香は一月ほど前に、自宅で首をくくって自殺を遂げていた。そのわずか半月後に、生まれてまだ一年にも満たない幼子が母親の後を追うように病死していた。それだけではなかった。二年ほど前に宮園は長女を交通事故で失っていた。

宮園はまだ四十代半ばだ。家族の一人を亡くすことはあるかもしれないが、次々と三人も失ったというのは、あまりに不運だった。

「ところで、最近、深沢岬という女性が訪ねてきませんでしたか？」

石本の整った顔立ちが、一瞬、能面のように表情を消した。深沢岬については、想定問答集には載っていないようだった。石本は、自分が顔色を変えてしまったことに気づいたようで、しぶしぶといった感じでうなずいた。

「アポなしで社長に会わせろとうるさく付きまとわれました。会わせる理由もないようだったので、追い返しましたがね」

「彼女の訪問の目的はなんだったんですか？」

喜多野の心の中を読み取ろうとするかのように、石本が目を細めた。

「彼女が何か？」

「差し支えなければ教えていただけませんか」

石本は苦笑いを浮かべると、深沢岬が子どもを連れて押しかけてきたのだと言った。

「それで宮園に会わせろ、というわけですよ。社長のプライベートまで管理しているわけではないですからね」

「ちょっと待ってください。深沢岬がその……宮園社長の子どもを連れてきたということですか？」

「まあ、かなりの美人でしたがね。全く迷惑な話ですよ」

喜多野と林は顔を見合わせた。あり得ない、と喜多野は即座に思った。青井の話を信じるならば、深沢岬が宮園の愛人だとは考えられなかった。

子ども……。深沢岬はいったい何を知っているのだろう。そして、何を調べているのだろう。

喜多野はとっさに中原陽子の自宅を訪れたときのことを思い出した。あの時、赤ん坊の泣き声が聞こえた。もしかすると、その子ではないか。だとしたら、その子は何者なのか。

エレベーターの中で林が話しかけてきた。

「宮園の自宅に行ってみますか？　青井みたいに、案外、家にいるかもしれませんよ」

「そうだな」

喜多野も同じことを考えていた。

深沢岬も、ここで門前払いを食わされた後、宮園の自宅を訪れたのではないか。警察から逃げ続けているしぶとい女だ。石本のような男に追い返されたぐらいで、あきらめるわけがない。中原陽子にも子どもについて確かめておく必要がある。

ビルを出ようとしたとき、喜多野は背後から呼び止められた。

「警察の方でしょう。ちょっと話を聞かせてもらえませんか」

抜け目のなさそうな目をした男だった。記憶を手繰ってみたが、思い出すことができなかった。

「宮園社長とは会えなかったでしょう」

「あんた、まず名乗れよ」

林が強い口調で言うと、男はぴょこんと頭を下げ、名刺を差し出した。

大野忠。経済紙の記者だった。

「さっき、受付であなた方の後ろにちょうどいたものですから」

それで、二人が出てくるのを待っていた、ということらしかった。

前川事件を追っているわけではなさそうだったので、喜多野は大野という記者と少し話をしてみる気になった。林がわざとらしく顔をしかめたが、宮園の行方が手っ取り早く分かるかもしれないと喜多野は思った。

「なんでおたくが宮園を探しているんですか？　天下の経済紙の記者なんだから、アポイントをとれば、すぐに会えるんじゃないですか」

「なるほど。やっぱり会えなかったんですね。で、警察でなぜ、彼を？」

喜多野はだんまりを決め込んだ。会えなかったとは一言も言っていないのに、そう決め付けられていた。同僚の刑事が、深沢岬の上司を取材したときに遭遇したトラブルのことを思い出した。きっと彼もこんな具合に、取材をされてしまったのだ。となると、もう一言もしゃべってはいけないと喜多野は思った。

「お願いしますよ、刑事さん。この件、独自で書きたいのに、ろくでもないフリーライターがちょろちょろしていて、危なっかしいんですよ」

大野が上目遣いで見上げてくる。深沢岬のことを言っているのだろう。やはり彼女は宮園が何らかの鍵を握っていると考え、行方を追っているのだ。

そのとき、喜多野の携帯電話が鳴った。発信元は署だった。この場で出るわけにはいかなかったので、大野に軽く頭を下げると歩き出した。大野はなおも話を聞き出そうとして、子犬のようにまとわりついてきたが、喜多野が一言もしゃべらずに五十メートルほど歩くと、やがてあきらめたように離れていった。

それを確認した後、電話をかけなおすと、課長が自ら出た。

「鑑識から新しい情報が入った。現場の床に牛の体毛が落ちていた。家族やクリニックの職員の話によると、前川が牛と接触した可能性はゼロと言っていいそうだ」

「牛、ですか」

犬や猫などペットの毛が持ち主の衣服に付着して現場に持ち込まれることはたまにあった。だが、牛の毛というのは、初めて聞くケースだった。

「今、患者の名簿や何やらから、畜産関係者を洗い出してもらっている。それを基に、いっせいに聞き込みをかける。こんな都会のクリニックに、牛の毛を持ち込む人間など限られている。身元不明の毛髪の持ち主で、畜産関係者が見つかり次第、すぐに参考人として引っ張る。畜産業でなくても農村地域に住んでいる患者かもしれん。それともう一つ。被害者の爪の間にもぐりこんでいた組織片からDNAが採取できた。容疑者を挙げてDNA鑑定をすれば決まりだ」

興奮ぎみに課長はまくし立てた。

「あの、我々は深沢岬をもう少し追いたいのですが」

「深沢だ? おまえら、いつまでたっても見つけられないじゃないか。それより牛の毛の問題を徹底的に洗うことが先決だ。一気に勝負がつくぞ。とにかくすぐに署に上がれ」

そこで電話は一方的に切られた。

牛の毛は確かに証拠として魅力的だった。硬直していた捜査の状況に進展があったことで、課長が舞い上がる気持ちも分かった。これを機に、事件は解決に向かう可能性もある。

だが、喜多野は深沢岬と宮園康介に引っかかりを覚えていた。この二人が何らかの形で、事件にかかわっているという疑いを捨て切れなかった。特に深沢岬の動きは怪しすぎるのだ。

自分がつかんだネタを手放したくないという気持ちも強かった。自分は捜査のプロだ。ちゃんと仕事をしているということを周囲に見せつけたかった。

「署に上がるんですか?」

林が言った。

少し考えた後、喜多野は首を横に振った。

15

太陽が久しぶりに姿を隠した。灰色の雲が空全体を覆っており、雨粒がいつ落ちてきてもおかしくない。それでもサングラスをかけていた。夏なのだから、そう不自然ではないはずだ。

陽射しは弱いが、ひどく蒸し暑かった。歩いているだけで、汗が滴り落ちてくる。新宿の地下街で買ったカットソーは、涼しげなのは色合いだけで、風を全く通さなかった。すそをつまんで風を中に入れるとすっとしたが、それはほんの一瞬に過ぎなかった。化繊の生地はサウナスーツのような効果を、はからずももたらしている。安さに気を引かれて、とんでもない代物を買ってしまった。

自宅に服を取りに帰りたかった。それでも、警察がいるかもしれないと思うと、とても行けるものではなかった。

私鉄の駅から南に延びる道を歩きながら、岬はこれから会う木村静江について、思いを馳せた。

宮園に会うために今朝もスーパーエンジニアの本社ビルの前で、宮園が出勤してくるのを待った。朝七時から十時過ぎまで粘ったけれど、彼は姿を現さなかった。大野記者が言っていたように行方が分からないのだと考えたほうがいいようだった。石本なら彼の居場所を知っているかもしれないけれど、彼が協力してくれる可能性は、限りなくゼロに近い。

スーパーエンジニアから宮園の行方をたどれないとなると、彼の自宅しか思い当たる場所はなかった。そして、岬は前日、宮園の家の前で立ち話をした木村静江のことを思い出したのだった。

あの女は、話好きだ。うまく誘導すればしゃべる。勘でそう分かった。

宮園家で何があったのか分かれば、宮園の行方を捜すうえでも役立つはずだ。表札にあった彼女の夫の名前を番号案内で調べて電話をかけると、静江は渋々ながら会ってくれると言ってくれた。

体の中の水分が三割は減ったのではないかと思えるほど汗をかいた後、ようやく宮園の家の前に到着した。昨日と同じようにカーテンが引かれていて、主が帰宅した様子はなかった。

向かいの木村家のチャイムを鳴らすと、すぐに静江が出てきた。この日は絹らしい黒いキャミソールに同色のボレロを重ね、下は綿のロングスカートだった。

「お姉さん、さぞかしショックを受けていたでしょう」

「ええ……」

宮園春香が姉の友人だという作り話を静江は完全に信じている。どうせ確かめることはできないのだから、問題はない。

通されたリビングルームは、北欧風の家具で統一されていた。一つひとつの家具はすっきりとしたデザインで、いかにも高級そうなのに、部屋全体に違和感があった。その理由はすぐに分かった。ちぐはぐなのだ。ニスを塗っただけの白木、照りが美しいブラウン、シックな黒。木村静江の辞書には調和という言葉がないらしい。

鮮やかなレモン色のクッションが無造作に載っているソファに座って待っていると、静江がカットガラスのコップに入ったアイスコーヒーを運んできた。

「これ、もしかしてバカラですか？」

有名ガラスメーカーの名をあげると、静江の相好が崩れた。

「いただきものなんだけどね。ああ、あなた和菓子はお好き？」

食事をしてきたばかりなので、と言って和菓子を断ると、岬は質問を始めた。

「春香さんの最近の様子についてもう少し教えてもらえませんか。一緒にいらっしゃったときのエピソードなんかを」

「エピソードと言われてもねえ。そういえば、あなたは春香さんの写真を見たことある？」

「いいえ」

静江は体形に似合わない素早さで立ち上がると、サイドボードの引き出しから簡易アルバムを取り出した。百円ショップで売っているようなやつだ。彼女が開いてくれたページに視線を落とす。岬はしばし、その写真に見入った。

蔦が絡まるフェンスの前に、その女性は静江と並んで立っていた。うっすらと微笑を浮かべている。贅肉《ぜいにく》のない二の腕が、ノースリーブの白いワンピースからすっと伸びていた。

「ちょうど一年前ぐらいの写真よ」

美しい女性だった。眼や鼻、口など一つひとつの造作は小作りで、華やかさはない。どちらかというと地味な印象を受ける。けれど、手のひらに包み込みたくなるような、やさしげな雰囲気を持つ人だった。

「こんなにきれいでお金もあるのに、自殺なんて。ちょっと信じられませんね」

静江は小指を立ててグラスを持つと、かすかに顎を引いた。

「原因って何だったんでしょう」

「実はね、悩みがないわけでもなかったみたいよ」

「と言いますと？」

「本人から何かを直接聞いたっていうわけじゃないのよ。だから、誰にも言っていなかったんだけれど……。亡くなる何週間か前だったんだけどね、ミチルちゃんの顔を見に行ったのよ。そりゃあ可愛い子で。私も子どもが好きだから褒めちぎったのよ。でも、あの人、ぜんぜん嬉しそうではなかったの」

岬は、静江の話に注意深く耳を傾けた。

「妊娠していたときには、ものすごく幸せそうだったんだけれど。あの年で初めての子どもだったから、よけいに嬉しかったんでしょう。で、念願叶ってあんなに可愛い子が生まれたって言うのに、なんだか暗い顔をしていたわけですよ。それでね……」

周囲に他人がいるわけがないのに、静江は周りを伺うようなそぶりをすると、岬に顔を近づけてきた。動物系の香水が匂った。

「席を外して部屋に戻ったとき、彼女の独り言を聞いちゃったのよ」

「なんて言っていたんですか?」

話に釣り込まれて、岬も小声になった。

「似ていない……」

春香の口調を真似ているつもりなのか、静江はささやくように言った。

似ていない、とはどういう意味なのだろうか。

「子どもが自分に似ていないからって、そんなにショックなものなのかってびっくりしましたよ。美人になるのなら、どっちに似たってかまわないじゃないですか。うちなんてほら、私がこうだから、娘が夫に似てくれてほっとしているぐらいよ。だから、おとなしそうな顔をしているのにずいぶんと高慢ちきな人なんだなあって、ちょっと気分が悪かったわ」

「でも、それが自殺の原因とは……」

木村静江は小鼻を膨らませると、大きくうなずいた。太った体をクッションに預け、もったいぶるようにゆっくりと脚を組んだ。

「私、あの人が亡くなった後で思ったんだけれど、ミチルちゃんって子、もしかしたら旦那さんの子ではなかったんじゃないかしら。ほら、似ていないっていう言葉は、そういう意味にも取れるでしょ」

「別の男性との間の子だと？」

「ええ。それが旦那さんにばれたんじゃないかしら」

静江はそう言うと、これは憶測に過ぎないけれど、近所では噂になっている、と言った。その直後に、噂を流せるのが自分しかいないことに気づいたように、きまり悪そうに口元に笑いを浮かべた。

「ほら、私も気にかかっていたものだから、ついね」

「ええ、分かります」

だが、岬には静江の推理が当たっているとは思えなかった。ミチルは、岬の卵子と宮園の精子を受精させてつくったと考えていた。ミチルが春香と似ていないのは、当たり前だった。

だが、そのことは、春香も分かっているはずだった。そんな理由で悲しんだり、ましてや自殺をしたりするわけがないと思った。

似ていないという言葉の意味は、第一子と似ていないという意味に、岬には取れた。静江は、ミチルが初めての子だと思い込んでいる。春香は彼女に第一子を亡くしたことを打ち明けていなかったのだろう。だけど、第一子を不慮の事故で失い、しかも同じ名前を第二子につけたことを考えると、春香が第二子に第一子と似た容貌を求めていたことは明らかだ。

それでも、岬には納得できないことがあった。ミチルが第一子と似ていないのも、当たり前ではないか。彼女の遺伝子の半分は宮園康介から受け継いだものだが、もう半分は、岬のものだった。しかも、春香と自分は正反対といっていいほど似ていない。

それでも春香がミチルに対して、第一子と似ていることを求めていたとしたら、ずいぶん勝手な女だと思った。そもそも、生まれ変わりなど、期待するほうが間違っているのだ。瓜二つの子どもなど、そう簡単に生まれるものか。

そこまで考えたとき、岬の頭の中で、かちりと音が鳴った。思わず声を上げていた。

静江が驚いたように眉をひそめた。あわてて、曖昧な笑いを浮かべた。それでも、思考はめまぐるしく回転していた。

まさか、と思う。だけど、もし想像していることが当たっているとしたら、春香が失望した理由の説明はつく。確信はなかった。それどころか、信じられない思いだった。それでも、調べてみる価値はあると思った。人が死んだり、殺されたり、失踪《しっそう》したり……。こんなひどいことになっているのは、それなりの理由があるはずだった。

心臓が鼓動を速めた。心臓ばかりでなく、胃や腸まで、どくどくと脈を打っているように感じられた。眩暈《めまい》がしてきそうだった。

「私、調子に乗ってしゃべちゃったけれど、こんな話、お姉さんにしないほうがいいかもしれないわね」

上の空でうなずくのが精いっぱいだった。岬は、静江に礼を言うと、木村家を後にした。

林がフェンスに絡まる蔦の葉を摘んでむしりとると、足元に投げ捨てた。

喜多野は宮園家のチャイムをもう一度、鳴らした。宮園の家は静まり返っている。カーテンは閉ざされており、中に人がいるとも思えなかった。

林はもう一枚、葉をむしった。

「無駄足でしたね。もう戻りましょうよ」

「ああ……」

宮園は自ら姿を隠しているのだろうか。それとも、何か事情があって、姿を現せないのだろうか。どちらなのか、判断がつきかねた。

「喜多野さんっ！」

珍しくきつい口調で林が言った。

深沢岬と宮園康介。二人は何かを知っているはずだった。簡単にあきらめる気にはなれなかった。

「近所の聞き込みをしていこう」

喜多野が言うと、林は唇を引き結んで首を横に振った。

「嫌です、僕は。これ以上、命令を無視したら、処罰の対象になりかねません」

「だけどおまえだって、深沢と宮園が何かを知っていると思うだろう」

やけにあっさり林はうなずくと、喜多野の顔をまともに見た。緊張しているせいなのか、いつもはにやけているように見える顔が、引き締まっているように感じた。

「喜多野さんは、こだわりすぎなんですよ。家のことで課長に皮肉を言われたからって、むきになっているように見えます。受け流せばいいんですよ、あんなおっさんの言うことなんて」

「黙れっ！」

思わず怒鳴っていた。

怒鳴りながらも、林が言うことは、まんざら外れでもないと思っていた。

女一人を見つけ出せないのは、家のことにかまけて仕事に対する熱意が失せたからだと思われていることに対し、自分はこだわっている。加奈のことは心配だったが、手を抜いているつもりはなかった。それを自分は周囲に分かってもらいたがっている。

林のようなお坊ちゃんに、自分の気持ちが見透かされていたことが、喜多野を傷つけた。いつの間にか、両手の拳を握り締めていた。

そのとき、携帯電話が鳴った。確かめなくても、回線の向こう側にいるのが、業を煮やした課長だということは分かった。

「とにかくいったん戻りましょう」

硬い表情を浮かべたまま、林が言った。

「だがな……」

「いいかげんにしてください。課長に歯向かうのは、喜多野さんの勝手です。でも、僕を巻き込むのはやめてください。捜査は仕事。仕事なんですよ。上司の指示に従って、確実にこなせばいいんです。上司の指示がおかしいとしても、それは仕方ないんです。責任をとってもらえばすむことなんだから」

違う、と言いたかった。仕事とは、そういうものではない。男一人が情熱を傾けて取り組むのだ。上司の命令に従っていればいいというものでは断じてない。だからこそやりがいがあるのだし、気を抜いているとつい家庭をもおろそかにしてしまうのだ。だが、真剣な目をしている林を見ていると、何も言えなくなった。少なくとも、自分勝手な思いで突っ走るなら、彼を巻き込むべきではなかった。

喜多野は宮園家をもう一度眺めると、荒々しい足取りで、車に向かった。

林は車を北に向かって走らせ始めた。甲州街道から新宿方面に向かうつもりのようだった。駅の近くの交差点で車が停車した。何げなく外を眺めていた、喜多野ははっとした。

交差点の向こう側に、サングラスをかけた女が立っていた。捜し求めていた女のように見えた。

喜多野は車外に飛び出した。信号が変わり、女が交差点を渡る。喜多野の前の信号は赤。こらえきれずに車道に飛び出した。急停車をしたトラックが派手にクラクションを鳴らした。何事か、というように女が振り向いた。

喜多野は手のひらをメガホンのように口元で丸め、大声で怒鳴った。

「ふ、か、ざ、わ、み、さ、きっ！」

口元を大きく歪めたかと思うと、彼女は背中を丸めて走り出した。

「待て、話を聞きたいんだ」

みるみるうちに、水色の背中が小さくなっていく。駅へと向かったようだった。ようやく信号が変わった。喜多野は全力で走り出した。車を路肩に停めた林も、喜多野に追いついてきた。

「確かですか？」

荒い息を吐きながら林が言う。

「とにかく走れっ、水色の服にサングラスだ」

駅の階段を一段飛ばしで駆け上る。改札口で、喜多野は立ち止まった。電車に乗ったのか、それとも北口へと出たのか。

林が駅員に早口で尋ねている。

「北口ですっ！」

喜多野は走り出した。階段を駆け下りている途中で、タクシーに乗り込む水色の背中が見えた。

「待てっ！　そのタクシー、待つんだ！」

喜多野は怒鳴った。だが、タクシーは扉を閉め、走り出した。運が悪いことに、タクシー乗り場に待機している車はほかになかった。

喜多野は膝に手を当てると荒い息を吐いた。

心臓が飛び出しそうだった。手首の皮膚が破れてもおかしくないぐらい、脈が強く打っている。

岬はタクシーの運転手に「新宿まで」と言いかけたが、昨夜からホテルを替えたことを思い出して、「渋谷」と言い直した。

怒鳴っていた男は刑事だとしか思えなかった。彼らも、宮園のところまでたどり着いたのだ。そして自分のことも捜している。

警察に見つかるわけにはいかなかった。ミチルのことを知られるわけにはいかなかった。もし、自分の想像が当たっていたとしたら、ミチルの誕生のときに何が起きたのか、決して悟られてはならない。

彼女をマスコミの餌食にさせるものかと思った。彼女はなんの非もなかった。だけど、そんなことは関係がない。マスコミは彼女のことを面白おかしく書きたてるだろう。たとえ大手の新聞社やテレビ局が詳細な報道を自粛したとしても、必ず誰かがどこかに書く。

そんなことは絶対に許さない。

岬はシートに身を沈めた。

小野田真はその場に膝をつきそうになった。体中から力が抜けていって、まともに立っていることさえ、できそうになかった。

きっと今、自分の顔は青黒くなっていると小野田は思った。その証拠に、受付の女が濃く塗り固めたまつげをしばたたいている。

「あの、私何か……」

喜沢というネームプレートをつけたその女は言った。

「いや、ちょっと体調が……。いや、助かりました。どうもありがとう」

やっとの思いでそれだけ言うと、小野田はエレベーターへ向かった。二十六階から地上へと下降する間、呼吸がうまくできなかった。どこまでも落ちていくような恐怖が小野田の全身を駆け巡った。

地上に降り、ビルの外に出ると、ようやく考えるだけの力が湧いてきた。

深沢岬がどこまで真相に近づいているのかを知りたくて、危険を承知でスーパーエンジニアにやってきた。受付の女に、自分は宮園社長の取材をしているものだが、一緒に仕事をしている深沢岬というライターと連絡がつかなくて困っている、彼女はすでに宮園社長の取材に来てはいないだろうか、と尋ねてみた。

「ああ、あの赤ちゃんを連れていらっしゃった方ですね」と彼女が答えたとき、一瞬、何を言われているのか分からなかった。人違いではないかと思ったぐらいだ。

だが、次の瞬間、小野田は深沢岬が宮園のところにたどり着いたことを確信した。そして彼女がセントメリーズ病院で行われた治療について、執拗に調べまわっていた理由についても思い当たった。

子どもが生きているのだ。そして、なぜか彼女の元にいる。

あの夜、宮園は子どもが死んだと言っていた。それは嘘だったのだ。実際には深沢岬に託したのだ。自分の望んだ子ではないと分かった以上、遺伝上の母親に子どもを託すのが最善と考えたのだろう。

宮園はおそらく何があったのかまでは、深沢岬に伝えていないだろう。だが彼女が真相にたどり着くのは時間の問題のように思えた。

明日から京都であるワークショップのことが頭を掠《かす》めた。だが、そんなものに出ている場合ではなかった。躊躇している場合でもなかった。一刻も早く行動に出なければ、自分の身が危うくなる。

落ち着け、落ち着くんだ。

新宿駅に向かって歩きながら、何度も自分に言い聞かせた。

焦ってミスをしたら、元も子もなくなる。急ぐ必要はあるけれど、計画はきちんと立てなければならない。

それでも、動悸は治まらなかった。アスファルトをしっかりと踏みしめて歩いているはずなのに、スプリングの利いたベッドの上を歩いているように、足元が頼りない。

ふいにこれまでとは比べものにならないほど、激しい眩暈が小野田を襲った。こらえきれずに小野田はその場でうずくまった。

16

渋谷駅から北西に向かって延びるセンター街は、午前中の早い時間であるにもかかわらず、すでにうごめき始めていた。

制服のズボンを腰骨の下までずり下げた高校生、ネクタイを緩めているのに汗だくになっているサラリーマン。街ゆく人たちは、映像スクリーンの中にいるように存在感がなかった。あるいは自分が透明なバリアの中に封じ込められているのか。手を伸ばしても触れられない。異空間にいるのではないかと思える。

深沢岬は喫煙席が広い国内資本のコーヒーショップに入り、ホテルの自動販売機で買った煙草を吸った。店のロゴが入った紙のマッチで火をつけるとき、炎の熱が頰にかすかに伝わった。

一本、二本、三本……。コーヒーがすっかりなくなり、口の中がヤニで粘ついてきても、岬は煙草を吸い続けた。

宮園夫妻は事故で死んだ第一子をそっくりコピーした子ども、すなわちクローンをつくろうとしていたのではないだろうか。

昨日からそのことばかりを考えていた。

ミチルは、クローンではあり得なかった。彼女はどう見ても、自分の遺伝子を引き継いでいた。

だけど、当初の狙いがクローンづくりで、ミチルがその失敗作だったと考えると、いろんなことが説明できる。

他人の卵子で体外受精児をつくるケースは、少ないとはいえ日本でもあった。前川だってそうした治療を手がけていたし、アメリカに行けば、事はもっと簡単だった。提供者のプロフィールを見て、自分の子にふさわしい卵子を購入することができる。なぜ、宮園はそういう方法を選ばなかったのか。夫妻が求めていたのが、ただの体外受精児ではなく第一子の遺伝子をそっくり引き継いだクローンだったと考えれば、つじつまが合う。春香がもらしたという「似ていない」という言葉の意味も納得がいく。

この推理を確かなものにするには、もうひとつ、確かめておかなければならないことがあった。クローン人間をつくることが技術的に可能なのかどうか、ということだ。

一九九〇年代の終わりに、スコットランドでドリーという名のクローン羊が生まれて話題になったことは覚えている。だが、その後、クローン人間が誕生したという話は聞いた覚えがない。海外の団体がつくったという発表をしたこともあったけれど、結局、信憑性《しんぴょうせい》に疑問があると結論づけられたのではなかったか。

もし、技術的に不可能なのであれば、無駄に動き回ることになる。クローンという技術がどんな段階にあるのかを、確かめる必要があった。そして、可能、ということならば、誰が技術を持っているのかを突き止めればいい。クローン人間をつくれる人物なんて、限られているはずだ。

宮園に会って話を聞くことができれば、一気に疑問は解消できるけれど、宮園を見つけ出す手立ては、今の自分にはなかった。

岬は、カップの底にわずかに残っていたコーヒーを飲み干すと、トレーを持って席を立った。

真相を突き止めることに意味があるのか、ということもさんざん考えた。知ったからといって、過去に遡《さかのぼ》ってミチルの出生を手直しすることはできない。むしろ謎のままにしておいたほうが、救いが残されているかもしれない。クローンをつくろうとした揚げ句の失敗作だったなんて、救いがなさすぎる。

それでも岬は真相を知ろうと思った。もし、自分がミチルだったとしたら、自分がどうやって生まれたのか、知りたいと思うだろう。どんなひどいことだって、隠されるよりはましだった。

ミチルが知りたいと思わなければ、それはそれでかまわない。だけど、知りたいと思ったときに知る術がないのでは、彼女があまりに哀れだ。

何があったのか、調べられるのは今しかないように思えた。ここで追及の手を緩めたら、ミチルが自分の出生について知る道が永遠に閉ざされてしまうかもしれない。

店を出ると、携帯電話で平木佐和子を呼び出した。

「今、どこにいるの。大丈夫なの」

平木は次々に質問を投げかけてきた。せっぱつまった声を聞いていると、こんなときだというのにふっと笑いが浮かんできた。

どこまで人がいいのだろう。彼女にはとっくの昔に見捨てられていたっておかしくない。憎まれてもかまわないと思って、卑怯な手を使って脅した。それなのに、まだ心配をしてくれている。

電話の向こうから、自動車のクラクションの音がかすかに聞こえてきた。

「今話せる?」

「うん。役所から出てきたところ」

「実はまた教えてもらいたいことがあって」

「それどころじゃないでしょう。警察には行った?　逃げ回っていると、深沢さんに不利になるよ」

「警察には行かない」

 つい、きつい口調になった。

「なんで逃げるの。あなたのことをずっと隠しておくわけにもいかないよ」

岬は電話を耳に押し当てたまま、歩き始めた。パチンコ店の前を通り過ぎたところに、空の電話ボックスがあった。中に入ると、どっと汗が噴き出したが、ドアを閉めた。

「大切な人の一生を台無しにするわけにはいかない。それだけしか言えない」

「大切な人って……」

「あなたには本当に悪いことをしたと思ってる。迷惑もかけたし。これで最後にするから、なんとかお願い」

彼女の目の前に飛んでいって、手を合わせたいような気分だった。クローンについて、一から調べている時間は、自分にはない。平木のほか、頼れそうな人もいなかった。

ため息のような音が聞こえてきた後、平木は、何を知りたいのかと聞いた。

「クローン人間をつくれる人が日本にいると思う？」

「なんでいきなりクローンが出てくるわけ？　さっぱり意味が分からないよ」

平木が思い切り顔をしかめている様子が目に浮かんだ。

「いいからっ、お願い」

「私も取材した経験はないわ。医療っていうより科学の話だからね。でも、専門家なら分かる」

平木はそう言うと、帝都医科大学にいる生命倫理学の研究者の名を挙げた。藤木助教授。彼は以前、クローンに関係する記事にコメントを寄せていたという。

「でも、本当に大丈夫？　危険なことはないの？」

「大丈夫だって」

「じゃあ、せめて一日に一度は電話して。電話がかかってこなかったら、私、警察に言うよ」

あきらめたような口ぶりで言うと、平木は電話を切った。

帝都医科大学は代々木駅のそばにあった。渋谷からなら、三十分もあれば余裕で着くはずだった。岬は電話ボックスから出た。汗が粒となって、綿のシャツにしみを作りながら、胸や背中を流れ落ちていく。汗は目の中にも流れ込んできた。眉の下を指先で強くぬぐうと、岬はＪＲの改札口に向かって歩き出した。

携帯電話を鞄にしまうと、平木佐和子は交差点に向かって歩き始めた。昼食のために出てきたのだが、食欲はすっかり失せていた。

　本当に滅茶苦茶な人だ。自分勝手で、臆面もない。でも自分は結局、彼女のことが好きなのだと思った。

　昔から好きだった。自分で決めたことは、何がなんでもやり通す強さを持っていることが、うらやましかった。自分にもあの強さがあればと思った。

　彼女が自分のことを軽んじていることは、知っている。昔からそうだった。それでも彼女と話すことで、自分にも彼女の強さのようなものが生まれるのではないかと期待して、つきあってきた。

　今回も彼女は何か大きなものに立ち向かっている。危なっかしくて見ていられないような気もする。それでも、妥協という言葉を知らず、恥とか外聞とかを全く気にせずに自分の欲しいものを手にしようとする彼女の強さに圧倒されて、結局は言うことを聞いてしまった。

　そして佐和子は思う。

　自分も、周りに引きずられずに、自分で自分の進む方向を決めなければならない。

　今晩こそ、きちんとけりをつけようと思った。

　あの男の情けない態度が、腹に据えかねていたのではなかったのか。深沢岬にも「別れる」と宣言したのではなかったのか。

涙を見せつけられると、つい情にほだされてしまい、ずるずると今日まで来てしまった。泣かれても、さげすまれても、自分の主張は通さなければならない。そうしなければ、自分は一生、お人よしと呼ばれ、周りに重宝されるだけの根無し草で終わる。どっしりと自分で根を下ろし、枝葉を広げて伸びたいと思った。

佐和子は交差点を渡ろうと横断歩道に脚を踏み出した。そのとき、背後から肩を叩かれた。

振り向いた瞬間、佐和子は全身から血の気が引いていくのを感じた。

「あなたに会いに来たんですがね。さっきの電話、深沢岬だったのでしょう。帝都医科大学の藤木助教授のところに、彼女はこれから行くんですね」

何日か前、聞き込みに来た刑事が言った。確か、喜多野という名前だった。彼の両目は、何かに取り付かれているかのように、鋭い光を放っていた。この前は、もう一人、いまどきの若者風の刑事が一緒だった。佐和子は彼の姿を探したが、見当たらなかった。

「そうですね」

喜多野が念を押すように言った。かすかに汗が臭った。

「違います。深沢さんではないです」と首を横に振ったが、喜多野はゆっくりと、佐和子に向かって一歩近づいた。彼の体はもう五十センチメートルと離れていなかった。

「携帯電話の着信歴を確認させてもらえますか」

喜多野は手のひらを突き出してきた。

逃げようか。一瞬、そんな考えが浮かんだけれど、とても振り切れる相手ではなかった。

佐和子の体から力が抜けていった。足元を見つめ、唇を嚙んだ。

それで喜多野には、すべてが分かったようだった。

「このことは、深沢岬に言わないように。捜査妨害は許しませんよ」

佐和子は、バッグの肩紐を握り締めた。

大切な人を守りたい、という岬の言葉を思い出し、申し訳なさでいっぱいになった。

それでも、逆らうことはできないと思った。情けなかった。結局、自分は相手を突っぱねるだけの強さを持てないのか。

佐和子が無言で首を縦に振ると、喜多野は何も言わずに、すっとその場を離れていった。

帝都医科大学医学部の建物は、代々木駅から十分ほど歩いたところにあった。一階の最も奥まったところに藤木助教授のネームプレートがかかったドアがあった。

ノックをすると、白髪を短く刈りそろえた男が顔を出した。薄いピンクのポロシャツに綿のパンツというくだけた服装をしているが、藤木だと名乗った。

岬は突然の訪問を詫び、名刺を差し出しながら、クローン人間の取材をしているので、話を聞かせてもらえないだろうか、と頼んだ。

「あなた、いいところに来ましたよ。資料を整理しようと思って大学に出てきたんですが、もううんざりしちゃって。ちょうど気分転換をしようと思っていたところなんです」

藤木は日に焼けた顔をほころばせて快活に笑うと、名刺を受けとろうともせずに岬を自室に招き入れた。

さほど広いとはいえない部屋の壁は、全面が書棚になっており、書物が隙間なく並べられている。背表紙はほとんどが英文字だが、ドイツ語やフランス語らしきものも交ざっていた。

資料を整理している最中だったというのは、本当だったようで、テーブルには書物が雑然と積み上げられており天板がほとんど見えなかった。その一部を床に下ろすと、藤木は両ひじをテーブルについて手のひらを組み合わせた。

「まず、話をする前に、あなたのクローン人間に対するスタンスを聞かせてください」

藤木はにこやかに言った。

質問をする前に、質問をされたことに、岬は面食らった。

「スタンス、ですか」

「クローンは是か非か、ということについて、あなたの考えを聞きたい。そのうえでお話をしたほうが、私の考えを理解してもらいやすいと思うんでね」

岬は、にわかに落ち着かない気分になった。試されている、ということなのだろうか。

藤木助教授がどちらの立場なのか、調べる時間などなかった。もし、彼の意に沿わない答え方をしたら、反感を持たれそうな気がした。

「難しく考える必要はないんですよ。一般の人がどう考えているのかを知りたいだけですから」

こうなったら、しようがない。素直に自分が感じたことを述べようと岬は思った。

「権力者が自分のクローンをつくろうというのは論外だと思います」

藤木は軽くうなずいた。これは誰が考えても常識だろう。問題は次のケースだった。

「不妊に悩む夫婦が子どもを得る手段としてクローンで子をつくりたいという場合があると思います。それも、私個人としては反対です」

「自分の遺伝子を受け継いだ子どもが欲しいと考える親のニーズは切実ですよ。第三者が安易に反対していいものでしょうか」

藤木は穏やかに言った。

「気持ちは分かりますが……。でも、私は許されないと思います」

藤木は、親が自分と同じ遺伝子を持つ子をつくりたい、というケースを想定して話していた。死んだ我が子の身代わりとして、その子とそっくり同じ子どもが欲しい場合もある、と言おうかと思ったけれど、話が複雑になりすぎるような気がして、やめておいた。

岬は藤木の目に浮かぶ反応を慎重に確かめながら、言葉を継いだ。

「何者かとそっくり同じであることを期待されながら生まれてくる、という運命を子どもに背負わせるのは、フェアじゃありません」

ほう、というように藤木は体を後ろに引くと、皮肉っぽく笑った。

「親が子どもに期待をすることは悪いことですかね。あなたはフェアじゃないというけれど、極貧の環境に生まれる子もいるし、健康に恵まれない子もいる。そもそも人生なんて、不公平なものではありませんか」

もしかしたら藤木はクローン人間をつくることは正しい、という立場を取っているのだろうか。そうだとしたら、クローン人間を酷評するのは、あまり適当なことではなかった。

冷や汗が出てきて、岬はテーブルの上に視線を落とした。

せめて口調を和らげるべきだったかもしれない。それでも自分の言葉を撤回する気にはなれなかった。ミチルがクローンをつくろうとして、誤って生まれた子だとしたら、クローン人間は正しいだなんて、口が裂けても言いたくない。

藤木の目は、岬の反応を試すように光っていた。

ミチルの気持ちを代弁するつもりで答えようと岬は思った。大きく息を吸い込むと、藤木の顔をまっすぐに見つめた。

「本人のことを考えると、やっぱり反対です。私は誰かの複製として生まれてきたくはありません。何者かであることを期待されても困ります。スタートはそれぞれ違っても、自分で自分の生き方を決められるのが人間ではないですか。クローンの場合、どうしても誰かの軌跡をたどるように要求される。コピー元の人間と同じであることを期待されるなんて、そんなの許せないわ」

一気に言った。藤木が腹を立ててもかまわないと思った。

藤木の目から、からかうような色や、試すような光が消えていた。澄んだ目がまっすぐに岬を見つめていた。

「クローンとして生まれた人のことを考えると、クローン人間には賛成できない。あなたが言いたいことは、そういうことなのですね」

藤木の言葉に、岬は大きくうなずいた。自分の言いたかったことは、そういうことだと思った。

「さっきの名刺、出してもらえますか?」

そう言うと、藤木は笑った。八重歯がのぞき、いたずらっ子のような表情になった。

「人間のニーズにこたえるのが医学だとか、不妊に悩む人には朗報なのだからクローン人間を認めろとか、そういうことを言ってくる人が、ものすごく多いんですよ。そういう議論は、正直言って、もう飽きてしまった。あなたがその手の議論を吹っかけてくるつもりなら、適当にからかってお引き取り願おうと思っていたんです」

肩の力がどっと抜けた。

名刺にちらりと視線を走らせると、藤木は真顔になった。

「それで、あなたは何が知りたいの?」

岬は椅子に座りなおした。

「日本で今、クローン人間をつくれる人はいるんでしょうか。それともまだ技術的に未熟な部分があるのか。どんな段階にあるのか、教えてください」

「何年か前、海外でクローンをつくったという話があったでしょう」

岬はうなずいた。

「私は、あれは信じていません。大半の人がそうでしょう。深沢さん、あなた、クローンのつくり方は知っていますか?」

「いえ、詳しくは……」

藤木は、テーブルに置いてあった印刷物をひっくり返すと、胸ポケットからペンを取り出して図を描き始めた。

「まず必要なのは、未受精卵。いわゆる卵子ですね。それも採取したばかりの新鮮なものが望ましいようです。卵子の核を細い針で取り除いて、複製したい個体の皮膚などの細胞の核と入れ替える。核移植という技術です。それを特殊な条件で培養しながら育てて、胚という段階までもっていきます。普通の胚と区別する意味で、これをクローン胚と呼んでいます。このクローン胚を女性の子宮に着床させ、妊娠が成立すればやがてクローンベビーが生まれます」

図を見る限り、簡単なことのように思えた。

「では、もういつでもつくれる段階にあるんですか」

「いやいや、そう簡単ではありません。羊とか牛では成功しているけれど、霊長類でクローン胚をつくった例すらわずかしかありません。人間の卵子となると、さらにその数は少ない。少なくとも日本ではまだ報告例はない。胚の培養方法とかが、霊長類と牛や羊では微妙に違うんですよ」

「研究をしている人たちはいますよね」

少しややこしい話だが、と前置きをすると、藤木は話し始めた。

「人のクローン胚をつくりたいと考えている人たちは、日本にもいます。クローン胚は、クローン人間をつくるためだけのものではないんです。クローン胚からは、あらゆる臓器や組織になる万能細胞もつくることができる。ＥＳ細胞、という名前の細胞なんですが」

その細胞の名前は知っていた。臓器や組織を蘇らせる再生医療に使われる細胞だということも、なんとか思い出した。

「自分と同じ遺伝子を持つクローン胚をつくり、それからＥＳ細胞をつくろうというのが、今、日本の研究者が考えていることです。クローン胚に由来するＥＳ細胞からつくった腎臓や肝臓の細胞は、本人に移植したときに免疫拒絶反応が出ない。難病治療に役立つと考えられています。そこで、人のクローン胚をつくろうという動きが出てきたわけです」

「それなら今の段階でクローン人間もつくれる、ということになるのではないですか？」

「いや、さっき言ったように、技術はまだ確立されていないし、クローン人間をつくることを禁じる法律もある。僕は、法を作ることは反対だったんだが」

意外な気がした。クローン胚が、難病治療につながるＥＳ細胞と、クローン人間の両方の材料になるというのなら、クローン人間をつくることを厳格に禁じておくのが当然のような気がした。

「法はクローン人間をつくらせないための抑止力になるのでは？」と尋ねてみると、藤木ははっきりそれを否定した。

「親のニーズは切実だ。法律があろうとなかろうと、ニーズにこたえてしまう医者が、必ず出てくる。どうしても子どもが欲しい、助けてくれと縋《すが》られたとき、法で禁止されているからという理由で断るのは、そう簡単ではない。莫大な金を積まれるかもしれない。今すぐとは言わないけれど、日本でもいずれ、クローン人間は誕生すると僕は思う。そうしたら、その子は、犯罪の結果、生まれてきたということになる。そして親は犯罪者だ」

犯罪の結果、生まれた子。

その言葉が、岬を打ちのめした。ミチルはクローンではない。それでも、犯罪の結果、生まれた子であることには変わりなかった。

自分は、なんということをしてしまったのだろう。

いまさらながら、自分がしでかしたことに対する罪悪感がこみ上げてきた。

「僕も思うんですよ。生まれたことを罪だと言う権利は、誰にもないはずだ」

だから、クローン人間をつくることを法で禁じるべきではない。藤木の言うことが、すとんと胸に落ちた。だが、法律は現実に存在するのだ。

藤木は表情を和らげた。

「まあ、今のところ、そんな心配をするのは取り越し苦労かもしれないけれど。クローンづくりは、動物でも成功率はそれほど高くないし、人間の場合、新鮮な卵子を入手するのが難しい。売買が禁じられている以上、無償提供が前提となりますが、提供しようなんていう人は、そうはいないでしょうからね」

「逆に卵子を入手できたらクローン人間をつくれないわけではないですよね。成功率は低くても、やってみる価値があると考える人がいるかもしれない」

「まあ、それはそうでしょうが」

「今の日本で、誰がつくれますか？　可能性がある、というだけでいいんです」

岬は、テーブルに体を乗り出した。藤木は白髪交じりの頭を掻くようなしぐさをした。

「可能性ねえ。難しいけれど、ひとつ言えることは、今の技術レベルだと、産婦人科の医者が単独でクローンベビーをつくることは難しいだろうな」

「どうしてですか？」

「さっき話したように、クローン胚をつくる過程には、核移植というプロセスがあるんです。卵子の中から小さな核を取り出して入れ替えるというのは、職人芸の世界ですからね。慣れている人でなければ無理でしょう」

「産婦人科医に無理なら、誰ができるんですか？　ＥＳ細胞のためにつくろうとしている人はいるんでしょう」

「たとえば、生物の発生の過程を研究している発生生物学者とか、畜産研究者とか、そのあたりじゃないかな。牛とかマウスとかの動物で研究の経験を持っている人が、クローン胚までつくり、それを産婦人科医が女性の子宮に入れる。僕だったら、そんな流れで研究計画を立てますね」

失われていたパズルの最後のピースが見えてきた。

宮園が亡くなった子のクローンをつくろうと考えた。それを前川に依頼したが、彼は一人では不可能だと言った。そこで第三の男に声をかけた。いや、あるいは宮園が最初から、第三の男と前川の二人に、話を持ちかけたのかもしれない。

第三の男が誰であるかは、考えるまでもなかった。前川のクリニックにいたあの陰気な男だ。

「ただ、ちょっと話が飛躍しすぎじゃありませんか？　まだそこまで考えるのは時期尚早のように僕は思うけれど」

そんなことはない。

藤木は思慮深い学者に見えた。だが、人間の切実な気持ちというものは、彼の想像の範囲を超えている。

「発生学者や畜産研究者の中で、クローン研究の第一人者というと、どなたになりますか」

「取材するんですか?」

「ええ。当分実現しないことかもしれませんが、今、考えたいんです。彼らにも考えてもらいたいんです」

「それは面白そうですけど、取材はかなり大変でしょうね。彼らは全国に散らばっているから」

またもや、人探しに奔走しなければならないのか。

絶望的な気持ちになった。警察に捕まるのと、あの男を見つけ出すのと、どちらが先になるだろう。かなり微妙なところかもしれない。

そのとき、藤木がぱっと笑顔になった。

「そういえば、いい機会がありますよ。ちょっと待ってください」

藤木はそう言うと、デスクから手帳を持って来た。

「国際動物発生学会、というのがありましてね。ちょうど今日から京都でワークショップを開いています。クローン動物のセッションもあるはずです。僕も勉強のために行こうかと思ったんですが、予算をひねり出せそうになかったからやめたんだ。そこでざっと取材してみてはどうです?」

「場所はどこですか?」

つい、前のめりになっていた。もしかすると、あの男も出席しているかもしれない。そうすれば、一気に状況が動く。

「京都の国立国際会館です。宝ヶ池のそばにあってね、とてもいいところですよ。じっくり取材してみてください。東京に戻ってきたら、またここにも寄ってくださいよ。どんな発表があったのか、興味がありますから」

「分かりました」

岬は、礼を言うのもそこそこに、研究室を飛び出した。

今、一時少し前だった。東京駅に直行してのぞみに飛び乗れば、四時過ぎには京都に着くはずだった。

建物を走り出ると、病院の前で客待ちをしていたタクシーに飛び乗った。

「東京駅、お願いします」

弾む声を抑えながら言うと、タクシーはすぐに発進した。

医学部の玄関から、深沢岬が走り出してきた。

呼び止める間もなかった。彼女はタクシーに乗り込んだ。

「あっ……」

喜多野は一瞬、迷ったが、列の先頭に移動してきたタクシーに乗り込んだ。運転手に手帳を見せ、前の車の後を追うように言った。

今度こそ、見失うことはできない。

電話が鳴った。今日、何度目か分からない。怒り狂った課長の顔が目に浮かぶ。途方にくれたような林の顔も。

それでも、電話に出る気にはならなかった。

深沢岬を何がなんでも追いたかった。彼女の口から、何が起きたのかを説明させたかった。

深沢岬を乗せたタクシーは、東京駅の八重洲口の正面で停まった。駅前の大通りの反対側の車線でタクシーを降りた彼女は、まっすぐに駅に向かって歩いていく。構内に入ると、彼女は自動券売機の前で止まった。背後からさりげなく観察していると、京都までの新幹線の切符を買った。

なぜ京都へ……。

ここで深沢岬の身柄を押さえるのは簡単だった。だが、喜多野には彼女が何かをつかんだように思えた。それを知りたいという誘惑に駆られた。もしかして、宮園の行方が分かったのではないか。そう考えると、俄然興味がわいてきた。

それにあの頑固そうな女をここで引っ張っても、簡単に口を割るとは限らない。ここまで警察から逃げ回ってきた女だ。簡単にもろ手を上げて降参するような人間ではない。

京都か……。

喜多野は改札口に向かって歩き出した深沢岬の背中を目で追った。気負うように肩を怒らせ、大またで歩いていく。

申請もせずに出張することは、とても許されることではない。あとで大目玉を食らうことは間違いない。

だが、それがなんだというのだ。すでに課長は怒り狂っている。いまさら、怒りの種が一つ増えるぐらい、どうということもない。

どうせすでに処分を受けることは決まっているのだ。だったら、とことんやってみるのもいいのではないか。

喜多野は財布から一万円札を二枚取り出すと、京都までの切符を買い、深沢岬を追った。加奈の顔がちらっと頭を掠《かす》めた。今朝、彼女はすごく具合が悪そうにしていた。病院に行くとは言っていたけれど……。

だが、喜多野は加奈の顔を頭から追い払った。彼女は彼女でなんとかするだろう。今は目の前にいる獲物を追いたかった。いくら家族だからといって、自分の生きがいを奪い去る権利はないし、加奈だってそんなことをする気はないはずだ。

無理やり自分を納得させると、喜多野は深沢岬と同じ車両に乗り込んだ。

17

　京都駅の北口を出ると、ろうそくの形をしたタワーがビルの上に載っかっているのが見えた。タワーはおよそ十年前に訪れたときと同じ姿をしていた。古都のシンボルと呼ぶにはあまりにも安っぽくて垢抜《あかぬ》けない。

だが、駅ビルは大きく様変わりをしていた。巨大なデパートが駅に直結する形で建てられ、華やいだ格好をした若者が行き交う。岬は未来都市を思わせるデザインのエスカレーターで地上まで降りた。

　ロータリーにはタクシーが何十台も並んでいた。深沢岬は乗り場の列の最後尾にいったんついたが、国際会館までのおおよその料金を係員に確かめたところ、三千円はかかる、と言われ、財布の中身が心配になった。やむを得ず地下鉄を利用することにする。

　地下鉄の車内はすいていた。車両も東京よりひと回り小さいように思えた。国際会館前は終点で、京都駅からは十駅目だった。二十分ぐらいはかかる、と岬は見当をつけ、シートに座ると目を閉じた。

　新幹線の中で睡眠を取っておこうと思ったのだけれど、興奮しているせいか、結局、一睡もできなかった。家族連れが多くて、落ち着かなかったせいもある。これからのことを考えると、少しでも体を休ませ、気持ちを落ち着けておく必要があった。

それなのに、目を閉じると、つい、目当ての男の顔を思い出そうとあがいてしまう。前川のクリニックで会った男。あの日、彼はマスクをつけていた。仮に彼がワークショップの会場にいたとしても、マスクなしの状態で見分けることができるかどうか。シートの手すりにもたれかかり、なんとか記憶を引っ張り出そうとしてみたが、あまりうまくいかなかった。

顔は分からなくても、体格は分かる。小太りで背はあまり高くなかった。そして、やたらと陰気な雰囲気を持っている。

そのとき、岬は突如、思い出した。

爪だ。

太くてずんぐりとした指の先にちょこんと載っていた、丸く切りそろえた爪。あの爪なら、見ればそれと分かる。いざとなったら、相手の手をつかんで、観察すればいい。

少しでもいいから眠っておこうと思い、目を閉じた。ようやくうとうととしかけたとき、車内のアナウンスが、次は終点だと告げた。

地上に出ると草の匂いが強くした。市内の中心地から離れているせいか、周囲には緑が色濃く残っている。標識に従って歩いていくと、なだらかな曲線を描く比叡山に抱かれた建物が現れた。台形のような、奇妙な形をしている。

国際動物発生学会のワークショップの会場であることを示す看板が入り口に立てかけてあった。

建物の中に入り、エントランスをまっすぐ奥に進むと、受付とクロークがあった。受付の窓口は、会員と非会員に分かれていた。とりあえず、非会員のほうに行くと、所属と連絡先を所定の用紙に記入するようにと言われた。

「取材なんですけど」

名刺を出してみると、女はちょっと恐縮したように頭を下げ、プレスと書かれたネームプレートを渡してくれた。

その場でプログラムを捲《めく》ってみた。講演は四つの部屋に分かれて行われていた。関係のない部屋に行っても意味がない。

最初のページの開き、文字を追い始めると、岬はその場で頭をかきむしりたくなった。すべて英語で書かれていたのだ。英語は得意なほうだ。それでも、普通の会合とはわけが違った。専門用語の羅列は、全く意味が分からなかった。

ある程度の見当はつけなければならない。岬は、ロビーのソファに陣取ると、今、行われている会合でクローンと関係がありそうなものを探し始めた。

まずは、クローンという言葉を見つけ出そうと思った。だが、今やっている会合どころか、全体を通してもクローンという文字は見当たらなかった。

藤木助教授の提案に飛びつくようにして京都まで来てしまったけれど、早計だったかもしれない。本当にこのワークショップでクローンに関する講演が行われるのかどうか、不安になってきた。

周囲を見回したが、手持ち無沙汰に座っているのは、赤い髪をした大男だけだった。藤木に電話をしてみよう、と思ってプログラムを閉じかけたとき、Nuclear Transferという文字が目に入った。日本語に直すと、核移植、という意味になる。

藤木がその言葉を口にしていたことを思い出す。クローン胚をつくる際のプロセスの一つで、限られた人しかそれをできる技術を持っていない、職人芸のようなものだと言っていた。

もう一度、プログラムを初めから確認した。核移植という言葉が入っているセッションは、三日間の会期を通じてその一つだけだった。タイムテーブルによると、そのセッションは二階にある部屋で今、まさに開催されている。

階段で二階に駆け上ると、扉をそっと押して中に入った。それほど大きな部屋ではなかったが、百ほどある席のうち八割がたが埋まっていた。岬は通路際に空席を見つけると、腰を下ろした。

セッションは終盤に差しかかっているようで、講演を終えたと思われる研究者四人が前方に設《しつら》えた机に並び、討論をしていた。そのうち一人は外国人だった。残る三人のうち一人は痩せぎすの小男。もう一人は見事に禿《は》げ上がっている。そして最後の一人は、眉毛が異常に太かった。あの時見た男と同一人物と思われるものは一人もいなかった。

膨らみきっていた期待が急速に萎んでいった。

周囲で拍手が沸き起こった。討論が終わったのだ。人々は立ち上がり、知人に声をかけたり、部屋の外へと移動したりし始めた。

聴衆の中にあの男がいるかもしれない。岬は一人一人を素早くチェックしていった。だが、似ていると思える人物すら見当たらなかった。

岬はパイプ椅子に再び腰を下ろした。

さて、これからどうするか。学会の有力者でも捕まえて、クローンをつくる技術を持っていそうな人物を聞き出すぐらいしかないだろう。京都まで時間と金をかけてきたのに、収穫ゼロではあんまりだ。

疲れた、と岬は思った。

もう何日もこうやって駆けずり回っている。心も体ももはやずたずただ。それでも、あきらめるわけにはいかなかった。

ミチルの顔を思い浮かべた。

あんな生まれ方をさせてしまった責任は、自分にもある。彼女のために、もうひと働きしなければならない。

重い体に弾みをつけて、立ち上がろうとしたときだ。前の列に座って話し込んでいる二人連れの会話が耳に入ってきた。

「小野田さんは、どうしたんですか。ずいぶんと力の入ったタイトルの演題だったから、期待して来たのに、顔を見せないんじゃあね」

「あの人のことだから、発表できるような結果が出なかったんじゃないのか？　恥をかきたくなかったから、来るのをとりやめたとか」

二人は顔を見合わせると、嫌な顔で笑った。

岬は膝の上に載せていたプログラムを開いた。

このセッションの講演者は五人いた。その中の一人に、小野田真という名があった。所属は埼玉県にある公的セクターの研究所。前の席に座っている二人は、この人物が今日、姿を見せなかったと言っているようだった。

岬は二人の会話に注意深く耳を傾けた。

「結局、あの人は職人に過ぎないからね。核移植の腕は世界で指折りかもしれないけれど、こういう学問の場にはお呼びではないんですよ」

核移植、職人。指折りの腕。それらは求めていたキーワードだった。

小野田真。

会ってみないことには確かなことは言えないが、彼が前川になりすましていた男かもしれないと岬は思った。この場に現れなかったということも、かえって疑わしく思えた。前川を殺したのが小野田だとすれば、ワークショップになど平然と出てこられないのではないか。

しかも、二人の話によると、小野田はろくな扱いを受けていないという。

自分が不本意な扱いを受けていると思っている人間は、罪悪感を心の奥底に押し込め、倫理の壁を簡単に飛び越えてしまう。

自分がそうだったからよく分かる。卵子の売買が禁じられていると知っていたけれど、そのことに目をつぶり、自分の利益を優先させた。小野田が不遇だというのが本当なら、彼も倫理の壁を飛び越えた一人かもしれない。

「あの……」

岬は前に座っていた二人連れに声をかけた。

「小野田先生は明日以降もいらっしゃらないんですか？」

二人はプレスと書かれた岬のネームプレートに目をやると、顔を見合わせた。

「さあ。我々も彼と親しいわけではないから」

「じゃあ、明日も捜してみます。ちょっと取材したいことがあるので。私、小野田先生には初めてお目にかかるんですけど、背が低くてちょっと太めで、目が落ち窪んでいるような感じの方ですよね。くぐもった声で話す……」

目が落ち窪んでいるとか、くぐもった声で話すだなんて、尋ね人をするときにふさわしい表現とは思えなかったけれど、ほかにどう言えばいいのか分からなかった。

若いほうの男が、苦笑いを浮かべた。

「そうそう、そんな感じですよ。会場でいちばん陰気な男を探せばそれが小野田だ」

もう一人の男が、笑いをかみ殺すようにうつむいた。

やはり自分の勘は当たっていると岬は思った。

「でもなんであの人を？　記事になんか、ならんでしょう」

尋ねられたが、笑いでごまかすと、岬は部屋を出た。

ちょうど他のセッションも終わったところのようで、廊下には人が溢れていた。人の間を掻き分けるようにして、岬は出口へ向かった。

小野田真。勤務先が分かっているのだから、番号案内サービスで電話はすぐに分かるはずだ。

歩きながら財布の中身を確認した。五千円札が一枚入っていた。今度はタクシーをケチるつもりはなかった。

乗り場には、もう二台しか車がいなかった。そのうちの一台に、外国人の二人連れが乗り込んだ。岬の前方にもう一人、乗り場に向かって歩いていく初老の男が見えた。岬は猛然と走り始めた。乗り場のほんの少し手前で男を追い越し、車内に体を滑り込ませた。運転手が驚いたように後部座席を振り返った。

「京都駅まで！　できるだけ飛ばして」

呼吸を整える間も惜しんで告げると、タクシーは急発進した。

喜多野は目の前が真っ暗になった。慌ててロータリーを見回したが、視界に入るタクシーは一台もなかった。

深沢岬がいる部屋はマークしていた。出てきたら即座に引っ張るつもりだった。だが、彼女はまたしても猛烈な勢いで駆けていったのだった。もちろん、すぐに後を追ったのだが、講演会場の外の廊下やロビーは、人でごった返していた。その中を泳ぐように走っていたら、杖《つえ》をついた老研究者にぶつかってしまった。彼が悲鳴を上げながら派手に転んだから、立ち止まらないわけにはいかなかった。

「畜生！」

誰にともなく怒鳴り、丸めたプログラムで自分の膝のあたりを思い切り叩いた。同時に携帯電話が鳴った。

タイミングがあまりにもよかったので、思わず出てしまった。

「喜多野っ、おまえ何をやっているんだ」

「それが……」

課長に何をどうやって説明すべきか、喜多野には分からなかった。断りなく京都に来てしまった。しかも、深沢岬を見失った。

「戻って来い、大至急！」

課長が怒鳴り、喜多野は思わず電話を耳から遠ざけた。

それでも捜査の進展は気になった。「あの、牛の毛の線は？」と尋ねると、一瞬、間があいた後、課長が吐き捨てるように言った。

「畜産に関係がありそうな患者や家族は三人いたが、全員シロだった。アリバイが確認された。それより、林に聞いたが、おまえは深沢岬を追っているのか？　そっちのほうは、どうなっているんだ」

「いや、それは……」

京都まで追いかけてきたが見失った、などとは口が裂けても言えなかった。時計を見た。今から東京に戻るとなると、三時間半から四時間はみる必要がありそうだった。回線の向こう側から、誰かが課長の名を呼ぶ声が聞こえてきた。課長が不機嫌そうに返事をすると、「林に、深沢のマンションを張らせている。とにかく早く合流してくれ」

と告げて、電話を切った。

林に電話をかけて、なんとか取り繕ってもらうしかないと思った。どうせ深沢岬はマンションには当分、戻らない。時間は稼げる。

電話を切るのと同時に、タクシーが滑り込んできた。それに乗り込むと、京都駅までと行き先を告げた。

プログラムを開いた。

深沢岬が入っていった部屋でどんな内容の研究が報告されていたのか、喜多野にはさっぱり分からなかった。

ワークショップは今回の事件とは関係ないのではないか。そんな気がしないでもなかった。英語をすべて理解できるわけではないが、動物の発生についての専門的なテーマが並んでいるようだ。

そのとき、頭の後ろを鈍器で殴られたかのような衝撃が喜多野を襲った。

現場に残されていた牛の毛。

畜産農家や、畜産農家の周辺に住む患者らに疑いの目を向けていた。だが、畜産関係の研究者も、牛の毛を落とす可能性があった。

深沢岬は、その人物を知ったのかもしれない。胸が圧迫されているように苦しかった。目をこらしてプログラムのページを繰ったが、英文字の意味がさっぱり分からなかった。

自分には分からない。だけど、深沢岬には何かが分かったのだ。だから、ああやって飛ぶように出て行った。

喜多野は歯嚙みをした。

こんなに何度も後手に回った経験はなかった。一人で行動しているから、手が足りないのだというのは言い訳にならない。

そのとき再び電話が鳴った。知らない番号が表示されている。電話を取ると、初めて聞く声が、事務的に尋ねた。

「喜多野浩二さんの携帯電話でよろしいでしょうか」

「そうですが」

「高橋産婦人科のものです」

加奈の行きつけの医院だった。嫌な予感がした。

「奥さんがさっき一人で来院されました。切迫早産の危険がありますが、うちでは処置が難しそうなので新宿の総合病院に搬送します」

今朝、だるそうにしていた加奈の顔が目の前にフラッシュバックのように現れた。

「具合は！」

「とにかく、すぐに病院に行ってあげてください。奥さんは電話をするな、と言っていたのですが」

「申し訳ありません」

反射的に謝っていた。電話の相手ではなく、加奈に対する謝罪だった。電話を持つ手が震え、病院の住所と電話番号をメモするのがやっとだった。

電話を切り、窓の外を見るとちょうど八坂神社の前を通過していた。おそろいのリュックを背負った外国人のカップルが、ガイドブックを手にして、朱色の門へと続く階段を上がっていく。

なぜ、こんなところに俺はいるんだ。

やりきれない気持ちがこみ上げてきた。喜多野は助手席の背もたれを摑み、自分の頭を強く打ち付けた。

18

時計の針は午後六時を指していた。デスクには科学雑誌がページを開いた状態で載っているが、三十分前から一行も読み進んでいない。

京都で開かれているワークショップがそろそろ終わる時間だった。あんなことがなければ、自分は今頃、海外からの参加者に周囲を取り囲まれ、質問攻めにされているはずだった。

　小野田は雑誌を閉じるとデスクの引き出しにしまった。

　今晩、中野に行くつもりだった。もし、深沢岬が帰宅していなければ、彼女の携帯電話を呼び出すしかない。

　それはあまり望ましい方法ではなかった。彼女は呼び出しを受けたことを、他人に知らせるかもしれない。最悪の場合には、警察を連れてこないとも限らない。

　だが、ほかに彼女と接触するための手段を思いつかなかった。そして深沢岬をどうにかしないと、警察はいずれ自分のところにたどり着く。

　宮園、前川、そして自分。三人は決して結ばれることがない点のはずだった。三つの点は、深沢岬という一人の女によって、一本の線で結びつけられようとしている。最後の点が、この自分だった。線が自分のところまで延びてくる前に、断ち切らなければならない。

　トイレに立ち、戻ってくると、机の上にメモが載っていた。電話がかかってきたようだった。鉛筆で殴り書きされている文字を目で追うと、小野田は背筋がぞっとした。

　フリーライター、深沢岬。用件、取材依頼。

　メモには、携帯電話の番号が書き残されていた。

　小野田はメモを引きちぎりたい思いに駆られた。だが、それを二つに折ると、丁寧にポケットにしまった。

取材というのは、方便に過ぎない。彼女はついに自分のところまでやってきた。恐ろしい女だと思った。すさまじい執念だ。

小野田は椅子の背もたれに寄りかかり、天井を仰いだ。

これが最後の機会だということは分かりきっていた。相手から接触してきたことが、吉と出るか凶と出るかは分からない。それでも、やるという選択しかないのだと思った。

両肘をデスクにつき、腕の間に頭をうずめた。気を抜くと、嗚咽《おえつ》が漏れそうだった。

宮園めがけて振り下ろした花瓶の重さがふいに指先にリアルに蘇ってきた。前川を絞め殺したときに手袋をはめた指にロープが食い込んだ痛みも、まざまざと思い出されてきた。

人殺しなのだ、自分は。

もうたくさんだと思った。あんなことをもう一度やれるほど、自分は強くはないように思えてきた。

それでもやらなければならないのか。

小野田は髪の毛に指を入れてかき回すと、静かに顔を上げた。

いつの間にか日が暮れかけていた。デスクの正面の窓ガラスには、疲れた顔の男が映っていた。家族もおらず、研究だけを生きがいとしてきた男。ようやく運が向いてきた男。

窓に映った自らの顔と対峙《たいじ》しているうちに、このままでは終われないという気持ちがじわじわと湧き上がってきた。

何か、後世に残る仕事をしたかった。今のままでは、小野田真という一人の男は、この世に存在しなかったも同然ではないか。

そんなことは堪らない。警察に捕まったり、ましてや刑務所になど行ったりするわけにはいかない。

小野田は口の中にたまった唾《つば》を啜《すす》り上げて飲み込んだ。

すでに、自分は人殺しなのだ。

その事実は動かしようがない。そして、これまで自分はうまくやってきた。今度だってうまくいくはずだ。大の男を二人も手にかけてきたのだ。女子どもを相手にすることぐらいたやすいように思われた。

今のところ警察は、自分の存在に気づいてはいない。宮園、前川とは極秘裏にことを進めてきたのだから、これからも気づかれる可能性は薄いだろう。あの女さえいなければ。あの子どもさえいなければ。

やらなければならないと、小野田は強く思った。

やりたくないなどと悠長なことを考えている場合ではなかった。これは少なくとも自分にとっては正義なのだ。不当な罪を負わされないためには、しようがないことなのだ。

深沢岬とあの赤ん坊に対して同情を覚えないと言ったら嘘になるけれど、悪いのは自分ではない。すべては、あの男が自分を殺そうとしたから始まったことだった。深沢岬が恨むべきなのは、この自分ではなく、あの男だった。

小野田の胸の中で、静かに決意が固まった。

深沢岬と子どもを葬り去り、しかも前川殺しの容疑者に仕立て上げるには、どうするのがもっとも効果的か。

小野田は目を閉じると、下唇をわずかに突き出して、これまでぼんやりと思い描いてきた計画に抜かりがないかどうか、最後の検討を始めた。


熱海駅を過ぎたとき、携帯電話が振動し始めた。岬は窓の下に載せていた電話をすばやく掴んだ。着信表示は公衆電話になっていた。

小野田真からだろうか。

二時間ほど前に電話をかけたときには、取り次いでくれた男が、彼は席を外しているだけだと言っていた。小野田が公衆電話から電話をかけてくる理由が見つからなかった。警察からの電話ということも考えられた。それでも通話ボタンを押さずにはいられなかった。

おそるおそる電話を耳に押し当てた。相手は交通量の多いところからかけているようで、声をはっきりと聞き取ることはできなかったが、名前を確認されたので、深沢だと答え、デッキに出るから待ってほしいと頼んだ。

「お待たせしました」と言うと、電話の相手は、数秒の間を置いた後、押し殺したような声で言った。

「どうも。宮園です」

岬は驚きのあまり、息が止まりそうになった。

「宮園さん……」

そう言ったっきり、言葉が出てこなかった。宮園に対しては、言いたいことも聞きたいことも山ほどあった。

自分を騙《だま》していた男。罵倒してやりたいと思う一方で、真実を一つ残らず話してもらいたいという気持ちもある。あまりにたくさんのことがありすぎて、何から話し始めればいいのか、分からなかった。

「子どものことで話があります。お目にかかれませんか」

早口で宮園が言い、岬は唾を飲み込んだ。

「私もあなたと話をしたいと思っていました。今、新幹線で移動中で、東京に着くのは十時頃になると思うのですが」

「なるほど。では明日、鎌倉まで来てもらえませんか。別荘がありましてね。そこなら静かに話ができる」

　ふと、岬は思った。通話状態があまりよくないが、宮園の話し方は、最初に接触してきた佐藤という男とは違っていた。宮園は佐藤とは別人なのだろうか。

　だが、ミチルを自分に引き渡す役目を誰かに依頼したのなら、宮園と佐藤が同一人物でなくても、不自然ではないと思った。

「このことは、内密にお願いしたい。他人に知られるわけにはいかない問題ですから」

「分かりました」

　岬にも依存はなかった。ミチルの出生の秘密を知る人間は、少なければ少ないほどいい。

「そして、ぜひ、あの子も連れてきてください」

　危うく電話を取り落としそうになった。

　宮園は身勝手な理由からミチルをこの世に生み出した。そして、あっさりと捨てた。再び引き取ろうとでも言うのだろうか。なんと勝手な。ミチルは犬や猫ではなかった。いや、ペットだってもう少しましな扱いを受けている。

それでも岬は怒りを呑み込んだ。こんなことを電話で話す気にはなれなかった。

「詳しいことは明日、直接会って話しますが、車でいらっしゃいますか」

鎌倉まで電車で行くとすれば、途中で二度ほど乗り換えがある。車を使ったほうが無難だろう。

「ええ、そうですね」

「では、鎌倉市内に入ったら、私の携帯電話に連絡を入れてください。道順を指示します」

宮園は自分の携帯電話の番号を告げると、電話を切った。

席に戻ると、車内販売でコーヒーを買って飲んだ。

宮園は石本から伝言を受け取り、自分に会う気になったのだと思った。それは喜ばしいことだった。ミチルを厄介払いできるからではない。彼に会えば、何があったのかを、確実に聞き出すことができるからだった。

窓の外には住宅街が広がっていた。車内アナウンスが、間もなく新横浜に到着すると告げた。

岬はコーヒーの容器を握りつぶすと、座席のポケットに押し込んだ。

ふと、平木佐和子の言葉を思い出した。定期的に連絡を入れないと、警察に通報する、と言っていた。

岬は再びデッキに出ると、佐和子を呼び出したが、留守番電話になっていた。何も問題はない、とメッセージを残すと、席に戻り、シートの背に体をもたせかけた。

病院の前でタクシーを降りると、喜多野は走った。携帯電話が鳴っているけれど、出るつもりはなかった。

新幹線の中でも、何度か電話が鳴ったが、一度も取らなかった。怖かった。すべてが終わったと告げられそうで、相手の声を聞く勇気がなかった。

加奈を失うことなど考えられなかった。仕事は自分の生きがいだった。しかし、なぜ働くかといえば、加奈がいるからだった。

妊娠して以来、思うように仕事に打ち込めないことに対して苛立っていた。加奈のせいでこうなった、という気持ちもなかったわけではない。正直に言えば、そういう気持ちがあった。そして、それに加奈も気づいていたのではなかったか。

だから遠慮をした。具合が悪くても、一人で乗り切ろうとした。そして、こんなことになった。

自分の子どもっぽさに腹が立った。

四十代も半ばだというのに、何をやっているんだ、俺は……。

受付で名前を告げると、五階に行くようにと告げられた。エレベーターを待つ時間がもどかしく、階段を一段飛ばしで駆け上がる。

五階の廊下に着くと見覚えのある顔が目に入った。それが、加奈の母親のものだ、と理解するのと同時に、喜多野は彼女の腕をつかんでいた。

皺が深く刻まれた頰を涙で濡らしながら、彼女は微笑んだ。つかまれた腕が痛いのか、かすかに眉をひそめている。

「無事よ。加奈も、赤ちゃんも」

喜多野はその場にしゃがみこんだ。ぬぐっても、ぬぐっても、涙が溢れてきた。世の中のすべてのものに感謝し、手を合わせたい気分だった。

病室に入ると、加奈は眠っていた。そばかすが浮いた頰が、青白く光り、神々しく見えた。掛けぶとんの上に出ていた右手をそっと握った。温かかった。

涙が喜多野の頰を濡らした。

生きていてくれてありがとう。

加奈が手に力を込めるのが分かった。まぶたがかすかに揺れたかと思うと、加奈が目を開いた。喜多野を見ると、驚いたように口を開け、そしてふわりと笑った。

「もう大丈夫」力強い声で加奈は言った。「ごめんね、心配かけて。でも、もう大丈夫。私のためにこれまでいっぱい我慢をしてくれてありがとう」

胸が詰まった。こんなときにまで遠慮をしている加奈がいじらしかった。同時に、そういう台詞を吐かせている自分が情けなかった。謝るべきなのは、感謝をするべきなのは、自分のほうだった。

「赤ちゃんを見てきて。きれいな女の子よ。そうしたら仕事に戻って。大事なときなんでしょう」

「しかし……。今日はここにいる。仕事のことなんか気にするな」

喜多野は心から言った。こんなときに仕事を優先しろというやつは、地獄に落ちればいい。だが、加奈は喜多野の手を軽く叩くと、首を横に振った。

「だめよ、そんなことじゃ。父親になったんだから、しっかりしないと。それに、ここは病院よ。何かあってもすぐにお医者さんに診てもらえるわ」

加奈はいたずらっぽく笑うと、なるべく長く入院していたいのだがかまわないだろうか、と聞いた。

「赤ちゃんの世話の仕方とかもね、徹底的に教えてもらおうと思って。あなたがいなくても大丈夫。ちゃんとやってみせるわ」

喜多野は加奈の手をもう一度強く握った。加奈は強い目をして、喜多野の顔を見つめ返してきた。

母親の目だ、と喜多野は思った。まだ母親になったばかりだというのに、彼女の顔には、これから子どもを育てていくのだという強い決意が溢れていた。

もう大丈夫だと喜多野は思った。

「分かった」と言うと、加奈は満足そうに微笑んだ。

義母の後について新生児室に向いながら、喜多野はこれまでの自分は考え違いをしていたと思った。家族を守るためには、自分が犠牲にならなければならないと思っていた。加奈もそれを望んでいるのだと思っていた。だけど、そういうことではなかった。

温かい気持ちが喜多野の胸を満たした。

新生児室はガラス張りになっていた。今の時間は、中には入れないらしい。

義母がいちばん手前の保育器に入っている赤ん坊を指さした。顔はよく見えない。

「あの子よ」

でも、小さな足がもぞもぞと動いていた。

俺の娘か……。

実感は湧かなかった。それでも、突き上げるような喜びが湧き上がってきた。

19

コンビニエンスストアの駐車場に車を停めて宮園に電話を入れ、別荘までの道順を教えてもらった。宮園は、自分のほうが到着が遅いかもしれないので、裏庭ででも待っていてくれと言った。

　電話を切ると、車の外で煙草を一本だけ吸った。ハンドルを握るのは久しぶりだった。陽子に借りた車は、鼻先が長いセダンで、やたらと扱いにくかったこともあり、肩が硬く張っていた。

　後部座席に据え付けたチャイルドシートに座っているミチルの様子を窓越しに見た。チャイルドシートは今朝、陽子が近所で借りてきてくれたものだった。

　いろいろ考えたいので、ミチルと二人でドライブをしたい、というのが、岬の考えた言い訳だった。警察に行く前に、最後にゆっくりとした時間を過ごしたいと言うと、陽子は不満そうではあったけれど、受け入れてくれた。

　これまでに数え切れないほどの嘘を陽子についた。彼女を利用しているようで、心が痛んだ。それでも、ミチルのことは、陽子にも言いたくはなかった。

　シートに体をうずめるようにして、ミチルは眠っていた。朝、世田谷を出るときには、泣き喚《わめ》いていた。ドライブ中ずっと泣きやまなかったらどうしようかと思ったのだが、すぐに泣き疲れて、眠ってしまった。途中、ドライブインでおむつを変えてミルクをやったときも、おとなしく岬に従った。このまま、目的地まで眠っていてくれればいいのだけれど。

そのとき再び電話が鳴った。今度は公衆電話からだった。いぶかしく思いながら出てみると、相手は無言で電話を切った。

警察だろうか。

だが、それを確かめるすべはなかった。今は宮園との対面に気持ちを集中すべきときだった。

岬は、煙草を店の入り口の灰皿に捨てると車に戻った。電話で聞いた道順を頭の中でさらった。

国道を病院がある交差点で曲がり、一キロほど進む。植物園を越えたところで左折し、およそ約五百メートル先にある細い道を右に入れば、宮園の別荘があるという。

そう難しくはない。岬は首を回して肩の凝りをほぐすと、エンジンをスタートさせた。

目的地に近づくにつれ、周囲に樹々が増えてきた。

二車線の道だが、車の往来はほとんどなかった。そのせいか、ようやくハンドルを軽やかにさばけるようになってきた。

植物園を過ぎてすぐに左へ曲がると、道は格段に細くなった。周囲の緑もいっそう色濃くなったようだ。沿道に建つ民家はまばらになり、東京から遠く離れたところまで来たという実感が湧く。

開け放った窓から入ってくる風には、いつしか土の匂いが混ざっていた。森にしみ込んだ雨水が、苔《こけ》や落ち葉、そして土に潜むさまざまな生命の営みの名残を包み込んで、空へ帰っていく匂いだと思った。

気づくと細い道が右手に見えた。ここを曲がれば、目的地だった。

ダッシュボードの時計を確認した。約束の時間まで、三十分以上もあった。

砂利道をしばらく走ると、黒っぽい建物が見えてきた。外国の田舎屋を思わせるような外観で、黒々とした壁が、歴史の重みのようなものを感じさせる。石造りの門を確認すると、宮園の名が刻まれたプレートがかかっていた。

ようやくここまで来た。ミチルをつくり出した人物にたどり着くことができた。

感慨のようなものが湧いてきたが、すぐにそれは怒りへと変わった。

自分が理不尽な目にあわされたための怒りでは、もはやなかった。怒りはいつの間にか変質していた。今、岬の胸にあるのは、一人の人間の一生を、誕生する前から踏みにじった人間に対する怒りだった。そして怒りは、宮園に対してだけではなく、自分に対しても向けられていた。だから、宮園に向かって怒りをぶちまけ、溜飲を下げるようなことは、するまいと決めていた。何があったのかを、残らず聞き出すことのほうが大切だった。いつの日か、ミチルが自分がどのようにして生まれたのかを知りたいと考えたとき、話をしてやれる人間が必要だ。

車を降りると、トランクからベビーカーを出して広げ、ミチルを座らせた。

玄関でチャイムを鳴らしたが、人が出てくる気配はなかった。やはり、宮園よりも先に着いてしまったようだ。

芝生が敷き詰められた裏庭はかなりの広さがあり、子どもが遊びまわるにはよさそうだ。木陰に古びた木のベンチがあった。岬はそれに腰を下ろすと、ミチルを抱き上げた。彼女は手足を突っ張って少し抵抗したが、結局、岬の腕の中に収まり、赤ん坊とは思えないほどの力強さで、岬の胸にしがみついてきた。

見上げると、空は透き通るような青色をしていた。ちぎれた綿のような柔らかな雲が頼りなくふわふわと漂っている。

ミチルが体をよじり、空に向かって手を伸ばした。赤ん坊でもまぶしいと感じるのか、目を細めている。

「大丈夫？」

声をかけると、ミチルはかすかに笑ったようだった。

この子は自分が育てる。

宮園に会ったら、そう言うつもりだった。

ろくに稼ぎはないし、母親向きとはいえない性格だけれど、少なくとも宮園よりはまともな親になれると思った。

子育てを甘くみるつもりはなかったけれど、なんとかなるだろうと思った。えり好みせずに仕事を引き受ければいい。妙なプライドを捨てれば、仕事は見つかるはずだ。幸い、体は丈夫だし、体力も十分にある。貯金もろくにないが、借金もない。地道に働けば、暮らしていけないことはないはずだ。

そのときミチルが顔をしかめた。そういう顔をしたら、おむつを替えろと陽子が言っていた。お尻のあたりを探ると、湿っていた。

ベビーカーから取り出したタオルをベンチに敷き、ミチルを仰向けに寝かせた。おむつを取り替えると、今度は上着を脱がせて、上半身をタオルでぬぐった。こまめに汗をふいてやらないとあせもができると、口うるさく言われていた。

ミチルは気持ちがよさそうに、足を動かしている。きっとこの子は日光が好きなのだ。生まれ方が不自然だったことなんて、跳ね返せるぐらいの強い子になってほしい。そう願わずにはいられなかった。

そのとき、かすかなエンジン音がした。それは次第に近づいてきてやがて止まった。ドアを開け閉めする乾いた音が、森の空気を振るわせた。

緩んでいた心の糸が、一気に張り詰めた。岬はミチルを抱き上げると立ち上がり、宮園がやってくるのを待った。

男が建物の影から姿を現した。

「深沢さんですね」

立ち止まると、低い声で言った。

岬は男の姿をまじまじと見た。ホームページに掲載されていた宮園の顔は、はっきりと覚えていた。眉が濃く、精悍な顔つきをしていた。それなのに、今、目の前にいる男はどうだ。目が落ち窪んでいて、唇が分厚い。眉毛も垂れ下がっているし、年齢も宮園よりかなり上のように思われた。

「宮園さんは？」

言いながら、岬は思わず後ずさりをしていた。

まさか、と思う。そんなはずはないと思う。それでも、岬は自分の目の前にいる男が誰なのか、考えずにはいられなかった。

「あなた、まさか……」

男の口元が歪んだ。笑ったようだった。

岬は左右をすばやく見回した。両側とも深い森で、逃げ込めそうにはなかった。車に戻るには、男の脇をすり抜けるか、建物のもう一方の壁のほうに回るしかない。

走り出そうとしたとき、男が鋭い声で言った。

「動くな」

男の手に黒い鉄の塊が握られているのを見て、全身の血が逆流した。それは銃にしか見えなかった。

　岬はミチルを抱いたまま、その場で立ちすくんだ。

　激しい後悔が押し寄せてきた。甘かったのだ、見通しが。危険があることを、もっと真剣に考えるべきだった。宮園に会うということに心を奪われて、冷静な判断を欠いていた。

　唇を嚙み締めて、岬は男を見た。

　なんという暗い顔。地獄から来たと言われたら信じてしまいそうだ。口の中が、猛烈に渇いてきた。さっき吸った煙草の残り香が、ぷんと匂った。

　どうすればいい？

　暴れまわる心臓を必死でなだめながら、岬は考えた。突然、ミチルが火がついたように泣き始めた。こっちまで泣きたくなってくる。

　岬はミチルの体に回した腕に力を込め、男をしっかりと見据えた。

「騒ぐんじゃないぞ」

　男は不気味なほど静かな声で言うと、まるで蛇のように静かに、一歩、また一歩と近づいてくる。

　岬はもう一度、左右を見回した。どちらも深い森。人の気配はどこにもない。聞こえてくるのは樹々のざわめきと虫の声ばかりだ。

隣の家まで、どのぐらいの距離があるのかは分からないけれど、大声を出したらどうなるか。あの黒い塊を向けられている状態では、不用意な行動をとるわけにもいかない。

男は一メートルも離れていない場所まで近づいていた。洞穴のような目が、ミチルにまっすぐに向けられた。

「小野田真、なんでしょう?」

男は低く笑うと、顎で建物を指し示した。

やはり彼なのだと岬は悟った。

前川レディースクリニックにいた男。そして、おそらくは前川を殺害した男。

芝生を踏みしめて歩きながら、岬は自分の迂闊《うかつ》さをのろった。

建物の中に入ると、埃の匂いがした。黴《かび》の匂いもかすかに混ざっている。小野田は勝手を知った様子で廊下をまっすぐ奥に向かって進んでいく。

リビングルームらしい部屋に入ると、小野田はテーブルの脇に立ち、右手で拳銃を構えたまま、岬に向かって「その子をソファに置け」と言った。

従うほかなかった。岬は、おむつカバーをつけただけのミチルをビロード張りのソファにそっと寝かせた。

その間も、絶え間なく短い呼吸を繰り返し、冷静になろうと努めた。

そのとき、ミチルが泣き声を上げた。手足をでたらめに動かしながら、背をそり、顔を真っ赤にして、喚いている。

思わず抱き上げようとしたが、鋭い声で小野田に止められた。

無事にミチルを連れて帰る。

それだけを念じながら、岬はソファの脇に立った。

「どうするつもりなの？」

銃口が不気味に少し揺れた。それだけでも、思わず悲鳴が漏れそうになる。岬は奥歯を嚙み締めて、小野田をにらんだ。

「こっちに来て両手を前に出せ」

小野田はそう言いながら、左手でポケットから手錠を取り出した。明らかにおもちゃとわかる代物だったが、それでもはめられると、手が自由に動かなくなった。

手錠がおもちゃなら、拳銃もおもちゃかもしれない。そんな思いが脳裏を過《よぎ》ったが、銃など目にしたことはなかった。おもちゃだと決め付ける勇気もなくて、岬は小野田に促されるまま、その場に腰を下ろした。

小野田は手錠をもう一つ、ポケットから取り出した。そして、岬にかけた手錠とテーブルの足をそれでつないだ。これで手ばかりでなく、動き回る自由も奪われた。

どっしりとした作りのテーブルは、腕を引っ張ってもわずかに動くだけだった。小野田は手錠が確実に絞まっていることを確かめると、満足そうにうなずいた。

ミチルは甲高い声を張り上げて泣いていた。聞く者の脳を突き刺すような、激しい声だった。小野田もたまりかねるように、眉をひそめている。

さあ、どうする?

岬は、必死で考えをめぐらせた。

自分に残された武器はただ一つ、言葉だけだ。彼の気持ちを動かす言葉をこの口から吐き出さなければならない。私にならできる。昔から気の強さだけは誰にも負けなかった。修羅場だって潜り抜けてきた。これぐらいのことでびびってどうする。

岬はゆっくりと唇を開いた。

「私たちをどうするつもりなの」

小野田は表情を変えずに、見つめ返してきた。聞くまでもない、ということのようだった。

「あなたのことは、誰にも言わない。その子は私が自分の子として育てる。だから私たちを帰して」

しゃべり続けていないといけないような気がして、岬は言葉を次々と吐き出した。

「クローンをつくろうとしたんでしょう。だけど失敗したからこの子が生まれたんでしょう。だけど、そんなことはどうでもいいじゃない。私がこの子を引き取って育てれば、何の問題もないはずだわ」

小野田の表情が初めて動いた。白っぽく乾いた唇をゆがめると、小野田はくぐもった声で言った。

「俺は……。失敗などしていない」

「どういうこと？」

小野田の頬は、紅潮していたが、顔つきは人間らしくなっていた。彼に話をさせるのだ。殺人などというばかげた考えを捨てさせるには、話をさせて人間の心を取り戻してもらうしかない。

「何が起きたの」

小野田は気を静めるようにソファに腰かけた。ミチルの顔を見下ろすと、異形のものでも目にしたかのように顔をゆがめ、ため息をついた。

「あんた、よく調べたんだな」

「でも、人に言うつもりはないし、今日のことも忘れる。だから私たちをこのまま帰して。殺す意味なんてないんだから」

小野田の視線が一瞬、揺れた。それを見て岬は悟った。

彼には迷いがある。それは同時に自分たちに生還のチャンスが残っていることを意味していた。

「だが……。その子をどうする。戸籍だってないんだろう」

「宮園が出生届を用意してくれたから大丈夫。私、アメリカで出産したことになっているんだって。宮園の子は、死亡届が出ているから、この子は全く別の人間として生きていける」

「ああ、なるほど」と小野田がうなずいた。「うまいことを考えたものだな」

いつの間にか、ミチルはおとなしくなっていた。体をもぞもぞと動かしてはいるけれど、機嫌は悪くなさそうだった。こんなときなのに……。でも考えてみると、彼女はこれまでどんなときにも、自分の置かれている状況を理解できているはずがなかった。周囲の勝手な思惑に振り回され続けている。彼女のあまりの無力さに、涙がにじんだ。岬は精いっぱいの気持ちをこめて、小野田に語りかけた。

「明日にでも出生届を役所に出してくる。そうしたら、何もなかったことにできる。この子の将来を大事にしたい。だから、私は騒ぎ立てたりしない」

小野田は考え込むようにカーペットを敷き詰めた床を見つめた。

柱時計の秒針の音が、やけにはっきりと聞こえた。それに呼応するように、岬の心臓が打った。

小野田が顔を上げた。その瞬間、岬は気持ちがすっと沈んでいくのを感じた。彼の目には、最初に合ったときに見た暗い光が戻っていた。

「悪いが、やっぱり無理だ」

うめくように小野田はつぶやいた。

「どうしてっ！」

小野田は喉仏を大きく上下させると、岬から視線を逸らした。

岬は、半ば絶望しながら、小野田を凝視した。

「私がいなくなったら、携帯電話の通話記録、調べられるわよ。あなたにかけているんだから、すぐにばれる」

「俺に接触しようとしたのは、もともとあんたのほうだ。今日、あんたは俺に取材申し込みの電話をかけた。俺は取材を断った。そして、その後、あんたは別のところから電話がかかってきて、どこかに行った。そういうことにすれば、なんとかなるだろう」

コンビニエンスストアの駐車場にいるときにかかってきた電話の意味を、岬は悟った。

小野田はのそりと立ち上がると、拳銃を傍らに置き、ミチルの上にかがみ込んだ。

「やめてっ」

岬は叫んだ。思い切り体を動かした。テーブルの重みで、手首がちぎれそうになるほどの痛みが走ったが、構ってなどいられなかった。小野田はミチルの首に手をかけている。ミチルが激しい泣き声をあげた。

「やめてったら！　その子は被害者じゃない」

拳銃にもう少しで手が届く。そう思った瞬間、小野田が岬の目的に気づいた。拳銃を素早く岬から遠ざけた。岬の全身から力が抜けていった。

「お願いだから」

岬は床に額をこすりつけた。胸が張り裂けそうで、涙がとめどなく溢れた。

「その子は殺さないで。しゃべれないんだから、生かしておいてもいいでしょう」

岬の言葉を理解したかのように、ミチルの泣き声が大きくなり、小野田の顔面が朱に染まった。

「うるさいっ」

吼《ほ》えるように言うと、小野田はミチルの首に再び手をかけた。岬は体を丸め、目をきつく閉じた。

ミチルの泣き声がひときわ大きくなった。聞きたくなかった。体を縮める。この世から消えてしまいたかった。体を引きちぎられるような痛みが走った。歯を食いしばった。台風に襲われた川の水のように、血液が全身を駆け巡る。

どれだけそうしていただろう。

ミチルの泣き声は、いっこうに弱くならないことに岬は気づいた。

こわごわと目を開けた。そして息を呑んだ。ミチルはさっきと同じ姿勢で、ソファの上で寝ていた。しきりと手足をばたつかせている。そして、ソファのそばには、ひざまずいて涙を流している小野田の姿があった。

岬は全身の力を振り絞って、テーブルを引きずりながら、ミチルのそばににじり寄った。手首にプラスチックの輪が食い込み、皮膚に血が滲んだ。

岬が彼女の体をかばうように覆いかぶさっても、小野田は動かなかった。岬はミチルの腹に頬を押し当てた。さっき上着を脱がせたままの上半身はすべすべとしていて、温かかった。

岬のことが分かったのか、ミチルは声を張り上げるのを止めると、今度は小さくしゃくりあげ始めた。

「できない……」

背後で小野田がつぶやいた。振り返ると、涙に濡れた目で、小野田がまっすぐに岬を見ていた。暗い光はいつの間にか消えていた。哀しみに耐えているように落ち窪んだ目を何度も瞬くと、「あんた、本当にその子を育てるつもりなのか?」と聞いた。

さっきからそう言っているじゃないか。

岬は何度もうなずいた。

小野田は手の甲で涙をぬぐうとポケットから小さな鍵を取り出し、岬の手から手錠を外した。自由になった手で岬はミチルを抱き上げた。

温かい塊が胸を満たした。絶対に離したくない、離してはいけないと思った。なぜなのかは分からない。だけど、小野田は二人を生かしておく気になってくれたのだ。

そのとき、ふいに小野田が言った。

「ちょっとその子を貸してくれ」

岬はミチルを胸の中に深く抱き、小野田に背を向けた。ついさっき、ミチルを手にかけようとした男に、彼女を渡すことなんか、到底できない。

にじり寄ってくる小野田に、反射的に背を向けた。

「頼む。その子は……」と、小野田がかすれた声で言った。「俺の子でもあるんだ」

背後から聞こえてきた言葉を、岬は一瞬、理解できなかった。言葉を理解した後も、その意味が分からなかった。

ミチルが小野田の子。どういうことなのだろう。

岬が振り返ると、小野田は「説明しないと分からないよな」と言って顔を伏せ、ソファに腰を下ろした。まるで老人のようだ、と岬は思った。背中は丸まっており、皮膚は青黒い。

小野田は顔を上げると、岬に向かって言った。

「宮園は長女が死んだ直後、皮膚の一部を冷凍保存した。やつの奥さんが、半狂乱になって遺体を焼かせないと喚いていたのを、体の一部は残すからといってなだめたそうだ。それでも奥さんはその後、精神を病んでいった。あんた、長女が死んだ理由を知ってるか？」

「事故、だったとか」

「ああ。奥さんが役場の前で知人と立ち話をしていたすきに、長女は駐車場に走っていってしまった。それに気づかなかった奥さんは、自分を責めていた」

岬はうなずいた。彼女の気持ちは分かるような気がした。

「奥さんは自殺未遂も図ったらしい。一命は取り留めたが、長女が生き返らない限り、自分も生きていけないと宮園に訴えた。でも彼女は子どもを産むことすら無理だった。奥さんは長女を産んだ後、病気で卵巣を摘出していた。だが、夫婦はあきらめ切れなかった。宮園はそのとき冷凍保存した皮膚のことを思い出したんだ。その細胞からクローンをつくれないものかと考え、俺のところにやってきた。宮園というのは大変な男だ。短期間のうちにクローンをつくる方法や専門家を調べ尽くして、もっとも腕がいいと言われる俺に白羽の矢を立てた」

「どうして引き受けたの」

「初めは断った。牛の核移植なら得意だが、人間の卵子なんて触ったこともなかったからな。子宮にクローン胚をどうやって入れればいいのかも分からなかった。そう言ったら、宮園は今度は前川を連れてきた。二人で協力すれば、可能性はあるだろう、と言うんだ」

そこで、小野田は岬をまっすぐに見た。

「金をやると言われた。三千万円といえば、俺にとっては見たこともないような大金だ。前川もそれですっかり乗り気になったが、俺は躊躇していた。生命をそんなふうにしてつくることが正しいのかどうか分からなかった。でも、宮園とじっくり話をしたら、やる気になった」

「人助けになる、と言われたんじゃない？」

小野田は、驚いたように目を見張った。そして、苦い笑いを浮かべた。

岬はうなずいた。

「なるほど、あんたもそう言われて卵子を提供したのか」

「お金は魅力だった。でもそれだけではない。言い訳じみていると は思うけれど、人助けになる、という一言が自分の背中を押した。

「宮園は、俺ほどの腕を持つ人間が、ろくなポストにもつかずにくすぶっているのはおかしいとも言ってくれた。その素晴らしい技術で自分の家族を救ってほしいといって頭を下げた。そうなると、俺も断りきれなかった。人様に評価されるような仕事など何ひとつしてこなかった人間だ」

小野田は自嘲めいた笑みを浮かべた。

「で、成功するはずだったんだが、手違いが起きた」

ここからが肝心なところだと思った。なぜ、ミチルが生まれたのか。しっかりと聞き届けようと岬は思った。

「あんたの卵子からクローン胚をつくる前に、正常なヒトの受精卵がどういうものか、確かめておく実験をした。うまくクローン胚ができたかどうかは、正常な受精卵と比較しないと分からない。だから、前川に渡された卵子と、自分の精子を受精させて、受精卵をつくった」

岬はあっと声を上げそうになった。小野田が父親だと言い張る理由が、ようやく納得できた。

宮園夫妻が、第一子のクローンをつくろうとして、自分の卵子を使ったが、それが失敗して生まれたのがミチルだと思っていた。それは、誤りではなかったけれど、どうやって失敗したのか、ということまでは考えていなかった。自分の卵子と受精させられたのは、宮園の精子だと思い込んでいた。

「前川にクローン胚を送った。その同じ箱の中に、受精卵が分裂してできた胚が入った試験管も入れておいた。きっちり人間の胚をつくったぞ、という証拠のつもりだった。試験管には比較対象のための試料だということを示すラベルを貼っておいたから、まさか間違えるはずはないと思った。だが、前川のやつは、間違えた」

そんな単純な間違いから、ミチルは生まれたのか。信じられない思いだった。だけど、小野田が嘘を言っているようには思えなかった。

小野田は話し疲れたのか、膝に手を置き、うなだれていた。岬は、飛び越えてはならない倫理の壁を越えた男を見つめた。

彼は殺人者でもあった。そして、ミチルの父親でもあった。

知らなければよかった、と一瞬、思った。

人生は不公平なもの。

藤木の言葉を思い出した。

小野田が顔を上げた。目が真っ赤に充血していた。

この人も後悔をしているのだ。

殺人のことを別にすれば、ミチルがこんな生まれ方をした原因を作ったことについて、自分と同じように、苦い思いを噛み締めている。

岬は思い切ってミチルを差し出した。

おそるおそるといった手つきで抱き取ると、小野田はミチルの胸のあたりを一心に見つめた。そして、腹の左側にあるほくろのような出っ張りに指を這わせた。

「あんた、副乳って知ってるか?」

岬は首を横に振った。

「動物っていくつも乳首があるだろう。その痕跡が残っている人間がたまにいる。俺がそうだ。そして、この子もそうだとさっき気づいた。血がつながっているんだなって……」

　小野田はいとおしそうに、ミチルの髪の毛を撫でると、ミチルを抱いたまま、岬に向かって深々と頭を下げた
「俺が父親だなんて、その子には言わないでくれ。でも、頼む。立派に育ててくれ」

うなずかずにはいられなかった。

それに、関係ない。どんな生まれ方をしようと、親がどんな人間であろうと。ミチルは堂々と胸を張って生きていけばいい。

　小野田はうっすらと笑うと、ミチルを岬の腕に戻した。温かい塊が腕の中に転がり込んできた。熱いものが胸に込み上げる。

「よかったな、この子はあんたに似ているみたいだ」

「これからどうするの？」

　小野田は寂しそうに目を瞬いた。

「前川を殺したことは警察に知らせる。そうしないと、あんたに迷惑がかかる。でも、この子の存在については、いっさい伏せる。そうだな、前川に手を組めばクローンをつくれると持ちかけたが断られたんで、かっとなって殺したことにでもしておこう」

もうひとつ、岬は確かめずにはいられなかった。

「宮園は……。あの人はどうしたの？」

小野田の顔が歪んだ。

「やつは、この子がクローンではないと知って、俺を殺そうとした。抵抗しているうちに殺してしまった。処分した遺体はまだ見つかってはいないようだが……。だが、やつについても、本当のことを話しておこう。クローンをつくる話がもつれたことにすればいい。とにかく大切なのは、その子が宮園や前川、そして俺とは関係がないというストーリーを確実に警察に信じ込ませることだ」

「追及、厳しそうね」

「あんた、あちこち調べまわっていたんだ。当然そうだろう。でも、それは全部取材のためだった、ということにするんだ。俺たちがクローンをつくる計画を練っていることに気づいて追っていたと言えばいい。実際にクローンをつくる前に仲間割れをしたということにすれば、あんたの行動には説明がつく。その子はあんたがさっき言っていたように、アメリカで産まれたんだ」

「そんな嘘、通用するかしら」

「通用させろ。それしかない。それにもともとは宮園のやつが描いた絵だ。金に糸目をつけるような奴じゃないから、完璧な準備をしてくれているはずだ」

岬はうなずいた。小野田の言うようにするしかないと思った。沈黙を守ることが、自分の責務だ。どんなに厳しい追及も逃れてみせる。

「よし、決まりだ。うまくやってくれ」と言うと、小野田は晴れ晴れとした顔で笑った。「しかし、フリーライターってのは便利だな。いろんなところに首を突っ込んでも、取材でした、ですまされるんだから」

「自首するの？」

そうとは思えなかったので、岬は尋ねた。小野田はうっすらと笑った。岬には、彼が考えていることが分かった。熱い塊が、胸の奥からこみ上げてきた。彼は殺人者だった。それでも、ミチルの親だった。

「そろそろあんたは行ったほうがいい。だが、最後に一つ教えてくれないか。その子の名前は？」

「宮園はミチルっていう名前をつけていた。でも別の名前をつけようと思う」

小野田は躊躇するように視線を落とした後、思い切ったように言った。

「もし、あんたが嫌でなければ、俺に名前をつけさせてもらえないだろうか。勝手な言いぐさだとは思うんだが……」

岬はミチルを抱いたまま立ち上がった。

この男は、これから大きな代償を払おうとしている。それが分かるだけに、断ることはできなかった。

「女っぽい名前はやめて。趣味じゃないから」

小野田の顔に、ぱっと笑みが広がった。恥ずかしそうに視線を逸らすと、少し考えた後、「ゆうき」にしよう、と言った。

「どんな字を書くの？」

「優しいに希望の希。勇気を持って生きてほしい、という意味もある」

深沢優希。

いい名前だと思った。どんな生まれ方をしたって、勇気を持って生きていけば、希望は開ける。そうあってほしいと思った。そうでなければ嘘だ。

岬は小野田に向かってうなずいた。小野田は強い視線でミチルを見ると、すべてを振り切るように後ろを向いた。

「さあ、そろそろ行ってくれ。いろいろと準備がある」

細かく震えている背中に向かって、岬は深く頭を下げた。

20

まだかすかに煙を上げている建物の残骸を前に、喜多野は呆然と立ちすくむしかなかった。消防隊員が引き上げ始めた。赤い消防車三台が次々と引き返して行く。

西早稲田産婦人科医殺人事件は、思いもよらない形の結末を迎えた。

「中に入るのはまだ無理だな」

喜多野のそばで待機していた鑑識の男たちが話を始めた。

「でも、本当に仏さんがこの中にいるのかね」

「それを調べるのが我々の仕事だろう」

「まあな」

焦げ臭い匂いがあたりに漂っていた。それでも、空を見上げると青かった。宮園康介の別荘が燃え尽きたことなど、意に介してもいないように、木々が風に吹かれてざわめく。

「喜多野さん、ここは神奈川県警さんに任せましょう。俺たちにできることはないですよ」

林がそばに来て言った。

「ああ」

苦い思いを嚙み締めながら、喜多野はうなずいた。

「じゃあちょっと署に連絡入れてきますから」

林は言うと、車のほうに去っていった。

小野田真という男から、警視庁に電話が入ったのは、二時過ぎだった。小野田は前川と宮園を自分が殺したと淡々と告げた、詳しい顚末《てんまつ》は電子メールで警視庁宛に送ると言った。当然のことながら、電話を受けたものは、どこにいるのかと尋ねた。小野田は鎌倉にある宮園の別荘だと言うと電話を切った。

それを聞いたとき、信じられない思いだったから、林とともにこの場まで駆けつけてきた。到着したときにはすでに別荘は炎に包まれていた。

小野田が送ってきたという電子メールには、前川と宮園を殺害した経緯が事細かに書かれていた。前川殺しに使ったロープは、この別荘の裏庭に置いておくと書いてあったが、それはまさにそのとおりで、芝生にぽつんと放置された黒い鞄の中に入っていた。

小野田は埼玉県の畜産試験場に勤務していた。肉質のいい牛を大量生産するために必要なクローン技術の研究をしていたという。その腕を宮園と前川に買われ、宮園の第一子のクローンをつくるように持ちかけられたという。小野田は電子メールで三人は資金の面で折り合いがつかなくなり、仲間割れをして殺してしまったと告白していた。宮園の遺体は東北の海岸から海へ投棄したと書いてあった。

いずれ、小野田の告白が真実かどうかは分かる。少なくとも前川殺しについては、前川の爪の間に入っていた組織のＤＮＡを小野田の遺体から採取したＤＮＡと比較すれば、犯人かどうかははっきりとする。宮園についても、なんらかの証拠が出てくるかもしれない。

被疑者死亡のまま書類送検、という形で事件は決着しそうだった。

だが、喜多野は思う。

深沢岬は絶対にこの事件に絡んでいたはずだ。

鞄に入れっぱなしだったワークショップのプログラムをここに来るまでの車中で見た。深沢岬が聞いていたセッションの講演者の一人が小野田だった。宮園、前川、小野田の三人の間で、クローンをつくろうなどという大それたことを本当に考えたのかどうかもよく分からなかった。

「喜多野さん」

車から林が呼んだ。

「深沢岬が見つかったそうです」

「なんだって！」

「マンションに帰ってきたところを、署に引っ張ったそうです。いまさら深沢岬でもないのかもしれませんが」

「いまさらってことはない」

喜多野は強く言うと、車に乗り込んだ。

さっきから何度同じことを繰り返しただろう。

深沢岬は、いいかげんうんざりしながら、目の前に座っている二人の刑事を見た。

「私もさっき聞いて驚いたんです。小野田真が死んだなんて……。しかも宮園さんを殺していたなんて、考えもしなかった」

「なぜ、あんたはあの三人の周囲をちょろちょろしていたんだ」

太った刑事が言った。

「それにあんた、われわれがあんたを探していることも知っていただろう。前川殺しの情報を持っているなら、どうして協力しなかったんだ」

小柄なほうが、三白眼でにらんだ。

「だから取材です」と岬は、さっきから繰り返している説明を再び始めた。「あの三人が、クローンベビーをつくろうとしているって話を小耳に挟んだんです。裏が取れたら、すごいスクープじゃないですか。必死になるわ。こんなふうに警察に足止めをくらったら、こっちは商売になんないのよ。もう少しだったのに。あ、でもこんな騒ぎになったんだから、私の記事、高く売れるかもしれませんね」

そこで岬は、無理に笑顔を作った。

刑事が呆れたように鼻を鳴らし、太った体を揺すった。

油断をすると涙が出てきそうになる。だけど、ここで負けるわけにはいかない。小野田が優希のために払ってくれた代償を無駄にはできなかった。

そのとき、ノックの音がして、長身の男が入ってきた。その顔には見覚えがあった。木村静江の家を訪ねたあと、自分を追いかけてきた刑事だった。岬は、自分の笑顔が強張りそうになるのをごまかすために、いかにも苛立っているように頭を抱えてみせた。

太ったほうの刑事と入れ替わるように、長身の刑事が目の前に座り、喜多野と名乗った。喜多野の目はぎらぎらと光っていて、恐ろしいような気がした。侮ってはいけない相手だと直感的に分かった。

「深沢さん、あなた子どもがいるでしょう。赤ん坊」

突然、そう言われて岬はうろたえた。喜多野は何をどこまで知っているのか。

喜多野の隣にいるもう一人の刑事が、何を言っているのか分からない、というように肩をすくめた。

「いますけど、それが何か?」

鼓動が速くなっていることを悟られないように、ゆっくりと言った。

「あの子がどういう子なのか説明してください。宮園の会社に子どもを連れて押しかけたそうじゃないですか。宮園と関係があるんですか」

「違います！　あれはたまたま、いつもは面倒を見てくれている叔母が忙しかったから、仕方なく連れていったんです」

「セントメリーズ病院では、卵子を採取したとか言ったそうですね。あれはどういう意味ですか」

「取材の手法です。誘導尋問。警察のみなさんと同じよ。クローンをつくろうとしているなんていう情報、普通に話を聞いたんじゃ出てこないもの」

「じゃあ聞きますが、あの子の父親は誰ですか」

喜多野の目が、何もかもを見透かしたように、自分をまっすぐに見つめていた。警察なんかに本当のことが分かるはずがない。知っているはずはないと思っても、体が震えだしそうだった。

「アメリカで知り合った人です。でも、それが誰かを言う必要なんかないでしょう。だいたい、今回の事件と関係ないじゃありませんか。馬鹿馬鹿しい。私は知っていることは話しました。もうこれ以上、何を聞かれても言うことはありません」

なんとか最後まで声を震わすことなく言い切ることができたが、ごまかし通せないかもしれないという気がした。喜多野は疑っている。

だけど、なんとかごまかし通すしかない。優希がどうやって生まれたかを話すつもりは全くなかった。

「でも、あなたの動きは取材にしては、ちょっと行き過ぎのように思えましてね。子どもの親が誰なのか、DNA鑑定ってやつで調べさせてもらえませんか」

岬は自分の血の気が引いていくのが分かった。

自分の子であることが分かっても問題はない。むしろ望ましい。だけど万一、小野田のDNAと比較されるようなことがあったら……。そうなったら、優希が無関係だと言い張ることは難しくなる。そこまで警察は考えるだろうか。分からない。だけど少なくとも、今、目の前にいる喜多野は、何かがおかしいと感じている。調べられたら困る。宮園がいくら周到に用意をしたといっても、どこかに穴があるかもしれない。第二子の死亡届は出ていると言っていたけれど、それは偽造されたものなのだ。アメリカで出産したかどうかだって、その気になれば調べることができるだろう。嘘がばれたら、優希が宮園夫妻の第二子として生まれたのではないか、という疑いが当然浮上してくる。

いても立ってもいられなくなり、岬は立ち上がると、頭を下げた。喜多野が面食らったように体をのけぞらせた。

「私が捜査を妨害したっていうなら、謝ります。申し訳ありませんでした。商売のためとはいえ、行き過ぎでした。だけど、あの子のことは放っておいてください。今回のこととは、無関係なんです」

「宮園の子ではないのですか」

　喜多野は目を細めながら聞いた。

「違います。あの子は私がアメリカで産んだ子です」

　岬は胃のあたりに力をこめて、じっと喜多野の顔を見つめた。どれだけそうしていただろう。喜多野がふっと視線を緩めた。

「なるほど。分かりました。「私が聞きたいことはそれだけです」

　全身から力が抜けていった。岬は、額に滲み出した汗をぬぐった。


　部屋を出ると、林が待っていた。

「どうでしたか？　深沢岬」

　喜多野は渋い表情を作って首を横に振った。

「とんでもない女だ。あんな記者に食いつかれたら、ひとたまりもないね」

「事件とは無関係ってことですか？」

「クローンをつくろうという計画を嗅ぎつけて、あちこち走り回っていたらしい。俺たちはそれにつきあわされたってことだ」

　林は悔しそうに唇を尖らせた。

「全く、嫌になりますね」

「ああ……」

うなずきながら、喜多野は林の肩を叩いた。

「早いところ、書類を片づけちまおう。ともかく犯人は挙がったんだ。うまくいけば、今日は早く帰れるかもしれないぞ」

「えー、ほんとですか。彼女に後で電話してみようかな」

林は嬉しそうに言うと、いそいそと自分のデスクに向かった。

喜多野は深沢岬がいる部屋を振り返った。

あの女は小野田真が書き残してはいないことを何か知っている。それはおそらく、彼女が連れていたという子どもに関係している。

深沢岬が宮園の会社に子どもを連れてきたと知った日、彼女の叔母の中原陽子に電話をかけた。そのとき彼女は、あの子が深沢岬の子だとは、一言も言わなかった。事情があって彼女が預かっている子だと主張していた。二人の言葉は食い違っている。そこを突けば、綻《ほころ》びが出てくるかもしれない。

それでも、そうする気にはなれなかった。深沢岬は加奈と同じ目をしていた。子どもを守ろうという強い決意にあふれたまなざしを自分に向けてきた。

小野田真の電子メールに書かれていたことを検証する過程で、もしどうしても見過ごせないことが出てきたら、深沢岬に再び話を聞かなければならないだろう。だが、そうでなければ深沢岬のことは忘れよう。

刑事としてはやってはならないことかもしれない。だけど、自分の子を守ろうとする彼女の気持ちは痛いほど分かった。何か事情があって、出生を明らかにされたくないのだ。事件の大筋と関係がないのであれば、暴き立てたくなかった。目をつぶって、見守ってやりたかった。

「喜多野！」

名前を呼ばれて振り返ると、憮然とした表情を浮かべた課長が立っていた。

喜多野は神妙に頭を下げた。

「いろいろと勝手なことをして、申し訳ありませんでした」

「ふん。本当にな。処分は追って決める」

課長はそう言うと、真顔になった。

「おまえんとこ、生まれたんだろう？　家のほうは大丈夫なのか」

喜多野は大きくうなずき、胸を張った。

過剰な心配はもうすまい、と思った。自分が犠牲にならなければ、などと気負う必要はない。加奈を信じよう。彼女なら信じられる。そして、加奈が助けが必要だと言ったら、全力で助けてやればいいのだ。

なにせ父親だからな。しっかりしないと。

そう思うと、自然に口元が綻んできた。

21

アパートの部屋に入ってくると、平木佐和子はびっくりしたように周囲を見回した。狭いキッチンと和室が二間。広さはそれなりにあるけれど、なにせ築三十年の木造アパートだ。壁は黒ずみ、ところどころひび割れも目立つ。不動産屋に強く言って取り替えてもらった真新しい畳ぐらいしか、褒めるところのない部屋だった。

「すごいとこでしょう」

「深沢さんのイメージと違うって言うか……」

「でも、ここ、家賃が四万円だから助かるんだよ。ＰＲ誌の仕事とかテープ起こしとか、いろいろやっているんだけど、子どもってお金がかかるから」

岬はちゃぶ台に載せてあったノートパソコンを押し入れにしまうと、平木に座布団を勧め、石油ストーブの温度を上げた。奥の部屋に寝かせていた優希を連れてくると、平木が目を輝かした。

「うわっ、可愛い」

「私に似てるからね。抱いてみる?」

平木がうなずく。優希を平木に渡すと、平木はこわごわと受け取った。そして、とびきりきれいな目をして優希の顔を見た。

「平木さん、これまでごめんね」

岬は言った。心から申し訳ないと思っていた。切羽詰っていたとはいえ、あんなひどいことをよくできたものだと思う。

「いいよ、私にも問題があったんだから」

平木はそう言うと、上司とは別れたのだと言った。

「それでね、春から山口の支局に行くことになった」

「ばれちゃったの？」

平木はかぶりを振った。

「うすうす気づいていた人はいたみたいだけど、問題にはなっていない。でも、自分で地方を希望したの。けじめをつけたいし、それに私、このままじゃ周りに重宝されているだけの記者だもの。ドサ回りみたいなことをやったほうが自分のためになりそうだと思って」

相変わらずのお人よしだなあ、と岬は思った。

他人には投げられない変化球を投げられるのだから、平木は今のままでも十分にやっていける。剛速球しか投げられない相手を単細胞だと見下せばいいだけの話だ。それなのに、わざわざ苦労を買って出るなんて馬鹿だと思った。

だが、嫌な感じではないと思った。

人がいいということは、弱点なんかじゃない。世の中を渡っていくうえでは、策略に長けているよりも、むしろ大切なことかもしれない。その証拠に、この自分が平木のことを好きになりかけている。当たり前だ。あんなにひどいことをしたにもかかわらず、彼女は最後まで裏切らなかった。お人よしでい続けるためには、強い信念が必要なのだ。

平木は、岬の手に優希を戻すと真顔になった。

「深沢さん、何があったのか、話す気はないんでしょう」

岬は黙って優希の髪を撫でた。ほわほわと頼りなかった髪の毛は、日ごとに濃くなっている。そのうちリボンでも結んでやれそうだ。

「言いたくないならいいけど、でも一つ言わせて。あの事件のとき、いろいろ取材したんでしょう。クローン人間をつくろうなんていう計画、本当にあるとは思わなかった。だけど、あったんだね。あなたは、クローンについて、いろいろ考えたんでしょう。だったら、そのテーマ取材を続けるべきだよ」

「そうかな」

忘れてしまいたい記憶だった。事件から四ヵ月がたった今、優希が宮園ミチルと呼ばれていたことなど、最近ではあまり思い出すことはないし、思い出そうとも思わなかった。

「実はね、この間、ちょっとした集まりで藤木先生に会ったの。雑談をしているときに、夏に面白いライターが取材に来たんだけれど、名刺にあった連絡先に電話をしてもつながらないって言っていた。あなたのことだと思う」

岬は藤木助教授の顔を思い浮かべた。書物に埋もれるようにして、クローン人間の是非について熱く語っていた。

「取材してみたら」と平木は強く言った。「あの事件の真相を暴くとか、そういうどうでもいい記事を書くんじゃなくて、もっと大きな枠組みで考えるんだよ。クローンがどうしても欲しい人の気持ちとか、絶対に嫌だっていう人の考えとか、いろいろ聞いて本にまとめればいいじゃない」

「そんなの売れないよ」

「そうかな。でも、簡単に白黒つけられない話だから面白いし、意味があることだと思うんだよね。藤木先生もあの調子なら、絶対協力してくれる」

そんな時間と気力が自分にあるだろうか。まずは日々の糧を稼ぎ出さなければならなかった。優希もあと数年は手がかかるだろう。今も取材に出かけるときには、中原陽子に優希の面倒を見てもらっているけれど、彼女に甘えてばかりもいられない。

だけど、平木の言うとおりだと岬は思った。そして、その本を書くのは、自分でなければならない。自分以外に書ける人間はいない。

機嫌よく笑っている優希に向かって、岬は心の中で話しかけた。

あんたと二人で書こうか。なんてったって、私たち、当事者だものね。

岬は優希の体を軽く揺すった。そして、平木の目を見て大きくうなずいた。

（了）

※この作品はフィクションであり、実在する人物・団体・事件などにはいっさい関係がありません。（編集部）

解読

土屋文平

ロビン・クックに代表されるメディカル・スリラーと分類される小説である。最新医学技術が鍵で、病院や研究所が犯罪の主な背景にある。

ジャンル分類とは別に、エンターテインメントのスピーディな展開を特色とする作品はジェットコースター・ノヴェルと呼ばれる。私の読書暦では子供が消えて半狂乱になる母親を描いた『ゆりかごは揺れている』のメアリ・H・クラークあたりの三十年くらい前から目にするようになった呼称だ。ジェフリー・ディーヴァーがあざといまでのヒネりで、なんでもありの手法に仕上げた。実際に世界の遊園地が客を喜ばせるための開発を怠らないように、社会がネットでスピード化するように、小説の工夫も進化し続けている。

本書『転生』を、その側面から見てみたい。

読み終わった人は、たっぷりとページターナーぶりを楽しんだでしょ？

主人公深沢岬は、ホテルに呼び出され、突然、産んでもいない乳児をベビーカーごは、これまでにもある。

と渡され、十日後までに自分の子として役所へ届けるように命じられる。

「あなたの子よ」なんて昔の女がやってきて子供を託される、男の恐怖を扱った作品は、これまでにもある。


女性の場合は、世界初だろう。

さあ、どうなる？　と読者のジェットコースターはノンストップで走り始める。そういう構図だ。

スピード感を味わせる技術は全編にあふれている。

冒頭の文章をふり返ってみてほしい。

「回転扉を押して建物に足を踏み入れると、全身の毛穴が締まった。皮膚を薄く覆っていた汗の膜が瞬く間に剥がれていく。

深沢岬はうなじにかかる髪を少し持ち上げ、こもっていた熱気を逃がした」

戦闘モードに入った女性の細かな仕草で、読者の目は一点に集中する。熱さで頭がボーッとなるのを嫌う知的な女性と思ってもいい。

「説明より描写」という小説の鉄則に忠実なのだ。今が何月で、どこのホテルで、なんて余分な説明はない。

続いて岬の目に入るのが、フロント脇の案内係で、立ち姿を「気取りかえったバレリーナのよう」と思う。彼女の前を通り過ぎるときに鼻腔をかすめるのはイタリアの新作香水で、自分の提げているブランドのバッグが三年前の物であり、バックバンドのサンダルは二年前の流行だということに、一瞬引け目を感じながら、逆に顎を振り上げる。

ほら、どんな性格の女性か、少しわかってきて、以前は稼ぎが良くて、今、貧乏になっているのはなぜ？　と興味をそそられる。

ロビーで誰を待っているか、で主人公の職業がフリーライターだとわかる。

約束の男を待っているときの、小学生時代の回想で、自分の負けを許したくない性格なのだと想像がつく。

説明がないから、読者は自分で小説の人物と舞台を前のめりに読み解いていく。その時点で、もうジェットコースターの座席に取り込まれ、ガッシリとくくりつけられているのだ。

ベビーカー出現で、ガタンと物語が動き始める、その前に最初の仕掛けの罠にはまっている。《小学館文庫小説賞》第一回受賞の前作『感染』ですでにこのスピード感は明らかで、重版8刷りまで読者を獲得しているのも納得がいく。

二作目はどこが進化しているのか。巻き込まれ型女性主人公医学ミステリーなのは同じである。

医者である自分の夫と前妻の子供が当事者で、研究医の妻が謎を解くのが前作で、本書では主人公当人が直接振りかかる災難の謎を解いていかなくてはならない。

つまりジェットコースターの座席が二列目から、最前列へ移っているのだ。感じる風速や風景がより切実になります。進路に殺人者がいるばかりか、後ろからは警察も追ってくる。犯人の視点で書かれた章もあって、高速で並行して進むばかりか、刑事の視点からの章まで出てきて、絶対にスピードをゆるめない。

もちろん最新医学がテーマで興味深いし、登場人物の行動と心情の描写で事態が進むから秀れた小説だといえる。

前作との共通項を探ってみれば、さらにわかってくることがある。

まずは時季ですね。暑いさなかに事件は始まる。本書の着地時点はどこかといえば最終章エピローグで石油ストーブが必要な冬がやってきている。前作でも涼しい時期になっている。

サブリミナル読後感としては、《暑い＝不快》から《涼しい＝快適》を取り戻す旅を終えた感じ、といっていい。

ヒロインを阻む障害も共通している。本書では元の組織の上司であり、取材先の病院の官僚的対応である。前作でも上司・同僚・後輩みんなが邪魔をする。

どうやらヒロインが戦っているのは、犯罪者の奥に潜む、高温で湿度が不快なニッポンの風土、社会そのもののようだ。

と、ここまでの解読はそう間違っていない気がする。どうですか。

ほかにも、最近増えてきた医者のミステリーと比較することもできるし、山崎豊子、高村薫、桐野夏生氏らの作品の女性登場人物との差、近年直木賞などの受賞者が多い三十代女性作家との共通項など、いろいろな解読が可能なように思う。

ヒロインの行動原理というか、攻撃的な性格にも触れておきたい。

最初からずっと「なめたらあかんぜよ」と叫び続けているみたい。赤ん坊を押しつけた男に電話で「考える前に怒鳴って」しまう女性である。

謎を探りに行った病院では、冷笑的態度の応報担当を「うらなり」と決めつけ、「こんな馬鹿に遠慮はいらない」と脅す。

岬を手助けしてくれるのは、新聞社同期の社会部記者である。善人そのものの彼女に対して、服装、行動ともに内心バカにしているのはともかく、無理な頼みをするためには、写真で脅迫までする。

殺人事件関係者として警察に追われるようになった岬は、警察に相談したほうがあなたのためと言われると「この女の口を封じなければならない」と思う。

犯人の視点の章で犯行動機や感じ方は描かれていて、岬の感覚もすぐ近いところにあるのだ。

スリリングでしょ。いい展開です。

おそらくは、これくらい踏み込む姿勢がないと、ここまでのスピード感は出せないように思える。これは海外ミステリーのヒロインたちとの比較が必要でしょうから、ミステリー評論家の人たちに聞いてみたい。
いろんな側面から話題となるにふさわしい、いい小説でしょう。

（読書家）

二〇〇六年　七月末

本書のプロフィール

本書は、小学館文庫のために書き下ろされたものです。

シンボルマークは、中国古代・殷代の金石文字です。宝物の代わりであった貝を運ぶ職掌を表わしています。当文庫はこれを、右手に「知識」左手に「勇気」を運ぶ者として図案化しました。

「小学館文庫」の文字づかいについて

- 文字表記については、できる限り原文を尊重しました。
- 口語文については、現代仮名づかいに改めました。
- 文語文については、旧仮名づかいを用いました。
- 常用漢字表外の漢字・音訓も用い、
  難解な漢字には振り仮名を付けました。
- 極端な当て字、代名詞、副詞、接続詞などのうち、
  原文を損なうおそれが少ないものは、仮名に改めました。

転《てん》生《しょう》

著者 仙川《せんかわ》環《たまき》

二〇〇六年十月一日 初版第一刷発行
二〇〇七年十月三十日 第五刷発行

編集人――飯沼年昭
発行人――佐藤正治
発行所――株式会社 小学館
〒一〇一-八〇〇一
東京都千代田区一ツ橋二-三-一
電話 編集〇三-三二三〇-五六一七
販売〇三-五二八一-三五五五
印刷所――大日本印刷株式会社

ISBN4-09-408117-8

小学館文庫